艾默思・奥茲
AMOS OZ

# 鄉村生活圖景

# SCENES FROM VILLAGE LIFE

鍾志清——譯

推薦文

# 論寫作：讀《鄉村生活圖景》

作家／陳柏言

他走進觀察台，透過一個觀察孔向外觀望。那裡有股陳腐的尿騷味。夜晚在他面前延伸，變得廣袤、空曠。天空明亮，繁星閃爍，相互之間形同陌路，星星與自己也形同陌路。

——奧茲：《鄉村生活圖景．陌路》

閱讀《鄉村生活圖景》，於我是一次不小的震撼體驗——那竟讓我想起許多年前，因《愛與黑暗的故事》興起的，珍惜「寫作小說」此一苦工末技的勤奮念頭。《鄉村生活圖景》當然極好，但它好並非緣於「奧茲之為奧茲」——這麼說或許弔詭，但我以為，《鄉村生活圖景》的好，甚至與作者是一名猶太裔以色列人無太大關聯。這本書裡，奧茲幾近奢侈的擱置他的聖城耶路撒冷、惆悵家族故事和猶太離散史詩；而紮紮實實，以小說的技藝決勝負。我這麼說，並不是要指此書無法以「家國寓言」來閱讀（本文接下來會談到這部分），而是要強調：奧茲以七十高齡出版此書，竟有種武力宣示的意味。這位世界級的小說家，不只能掌握宏大敘事，也能用這僅僅八則短篇小說，去推移文學，甚至歷史與國族的邊界。

反覆閱讀《鄉村生活圖景》，腦海裡總一再浮現，那些執著以文字幻設城鎮的作家們。例如舍伍德．安德森的溫士堡與福克納的南方小城，沈從文的「邊城」、莫言的東北高密和蘇童的楓楊樹老家，例如王文興的南方澳、鄭清文的舊鎮和陳雨航的60年代港鎮……。當然，最為人熟知的，還是馬奎斯的《百年孤寂》，那被旋風吞沒的馬康多吧。《鄉村生活圖景》中，奧茲亦在世界文學的地圖上，標記了屬於他的「特里蘭」——「一個擁有百年歷史的拓荒者村莊，被環抱在田野和果園之中」（〈等待〉）。根據奧茲的訪談，特里蘭來自一個久遠的夢境：「在我的夢裡，我走過以色列最古老的村莊之一，它比以色列建國的時間還要久。村莊空曠、寂靜，我在尋找某個人。當夢到一半時，另一個人來找我，我需要把自己藏起來。」無須費力探勘「特里蘭」實指為何，那終究徒勞無功；我們只須記得：特里蘭屬於夢，屬於匿藏，它比以色列更加古老。

特里蘭的地圖在夢中緩緩敞開，相較奧茲早年短篇集《胡狼嚎叫的地方》的奇觀化、陌異化，《鄉村生活圖景》展示的鄉村生活竟如此安靜。《鄉村生活圖景》卻也不似田園詩作品，專意歌頌世界的美善或人之道德；相反的，奧茲通過節制的故事伏流，暗渡心機——奧茲所欲揭示的，畢竟是鄉村浮世繪裡，包藏的「黑暗之心」。驚悚的「死胎」意象，於小說中反覆出現：〈等待〉裡終止了「不期而至的懷孕」的娜娃，男人告訴她：「整個手術不過像拔掉一顆智齒」；〈陌路〉中的圖書管理員，因與丈夫同房導致併發症引產，「這並非因她生來就唯命是從，而是因為男人的堅強意志給她一種安全感、信任感、接受的感覺與屈從的願望」。而在〈歌唱〉中，列文夫婦的床底下，倒臥著那個不明原因，開槍打破自己頭顱的獨子亞尼夫……，奧茲反覆描摹的，是死亡潛伏的日常圖景：在沉靜的日子裡，那個忽然「漏了一拍」的時刻。自此，生活便如脫了線的布偶，以極其精密、細緻的工法，走向崩散。

翻開小說吧。彷彿〈歌唱〉的譬喻，跟隨奧茲的「手電筒」，在蒼白光線底下窺探迷霧中的特里蘭。首先，我們看見了「紀念公園」。〈親屬〉裡等不到外甥的斯提納醫生，焦灼萬分，特意繞道「沒人能看見她」的紀念公園，啟動種種悔恨與愛的記憶。而〈等待〉中，長坐紀念公園的村長夫人，請人轉交丈夫一封只寫著「別擔心我」、欲說還休的信。村長遍尋不著妻子，握有絕對權力的村長第一次對自己產生懷疑。他最後只能回到紀念公園的長椅，「扣上大衣釦子，坐在那裡等待他的妻子。」而〈陌路〉中的男孩在衝動過後，也闖進紀念公園，痛苦、悔恨，「狠抽自己的臉」。紀念公園竟成了受傷者的聚集地，只是它紀念（或囚禁）的並非宏偉與崇高，而是傷害和毀棄。

我們又看見一間間家屋——更精確的說，一間間將被兜售、夷平或者掏空的家屋。例如〈繼承〉裡，變心妻子留下的空蕩家屋，竟帶給退伍軍人蔡爾尼克先生，比戰爭更恐怖的黑暗。他離開傷心地，回返特里蘭、九旬老母的老厝，卻被鎖進更加艱難的困局。而〈挖掘〉裡，拉海爾與她行將就木的前國會議員父親住在一起。父親一再叫錯女兒的名，卻將死去多年的政敵牢記在心。那父親彷彿馬奎斯筆下「迷宮中的將軍」，以衰老的記憶和散亂的言語，把自己打造成一座迷城。小說裡一再出現細碎的、有如幻覺的挖掘聲，不只意味著家屋／家庭的崩壞，更指向人與人之間的「不可能理解」——終究，眾人都是孤獨的。

公園，家屋，迷宮，或其所共構的「特里蘭」，織就了一幅隱現閃爍的「鄉村生活圖景」。那或許是巴赫金談述的日復一日、時空凝滯的「小省城」；或者卡夫卡筆下的「城堡」：我們可以看見那些鬼影幢幢的建物，那些恍然出神的人民，卻不可能走進它真正的「中心」。那讓我想起郭松棻的〈寫作〉，乃至其後又重寫／改寫的〈論寫作〉。這兩篇「以寫作論寫作」的小說，誠如潘怡帆所述，竟弔詭的揭露「寫作」的不可能性：「永無止盡的窒礙難言、不斷寫卻又一再刪改、意義過剩卻又嚴重匱乏的對意欲寫作之物的不斷逼近」。

我以為，奧茲在《鄉村生活圖景》，乃至諸多作品中反覆逼臨的主題，就是「寫作」。〈陌路〉裡那「擅長詞語」的男孩（猶如《地下室的黑豹》的普羅菲），懊悔自己的衝動，「任何事物都無法根除他今晚的恥辱」。他甚至想及死，想一把火將彼此燒得乾淨。這是一則那麼晶透的寓言：寫作意味情慾，關乎死亡，寫作有其終究無法抵達之處。〈挖掘〉中，神祕的年輕訪客阿迪勒來訪，以勞動換取居住；他「休學了一年，計畫寫一本書」。他想要比較猶太和阿拉伯村莊的生活，至於要寫成長篇小說或者論文尚未可知。他說：「你們的村莊源自一個夢想，源自一個計畫。我們的村莊不是來自什麼，而是始終就在那裡，但它們依然有某些相似之處……」這是一則顯而易見的家國寓言：相較阿拉伯國家「始終就在那裡」，以色列的立國則彷彿「一個夢想」、「一個計畫」，它與特里蘭都是來自夢中的都城。阿迪歐作為一個外來者，固然引起拉海爾父親的戒心。他指稱阿迪歐是個「反猶主義者」，「他就在那裡用他東方式的哭訴來傾訴衷腸呢。也許是某支思念我們土地的歌。他們永遠也不會放棄的。」阿迪歐確實沒有放棄，他甚至打算寫一本關於「你們」（猶太人），也關於「我們」（阿拉伯人）的書。

寫作與家國寓言，在〈迷失〉一文中有更明顯的呈現。男人名喚魯賓，他是特里蘭的殘疾作家，以撰寫「大屠殺小說」聞名。在他死後，妻子與女兒寡居被人喚為「廢墟」的老厝。這老厝主體由曾祖父建成，而祖父和父親則接手持續擴建，終於將這間屋子化成繁複的迷宮。魯賓喜歡這屋子，「他在這裡出生、成長，在這裡寫下他全部的作品」。他不允許女兒碰他的稿子，連看都不行，甚至為此將女兒關進暗無天日的地窖。從此女兒不再碰，甚至從未讀過父親的書，「他（父親）死後，祖母、母親和我把他所有的筆記、卡片索引和小紙條統統送給了作家協會檔案館」。這「廢墟」一般、男人擴建的家屋（它是特里蘭「最後一座由奠基者建造的住宅」），指向的是以色列的建國神話，多年來已被擴建為一座如癌細胞瘋狂繁衍的破舊家屋。

「君父」缺席的城邦，這樣的「遺產」變為一處無人能解的迷宮，終要被毀棄的廢墟。仲介的心底盤算，或許正揭露奧茲的諷喻與憂愁：「不管花多少錢我都要買下這座住宅，儘管我已經喜歡上它，但我還是會把它夷為平地。」

奧茲打造夢中的特里蘭，便不只為了方物、懷舊或者復返過往；而是通過寫作及「寫作」本身，反身指向未來。在〈歌唱〉裡，重複出現小說中的某些人物；他們帶著彼此的傷痕，聚在一起歌唱：〈世上的一切轉瞬即逝〉、〈抬頭望天空，問天上的星星，你的光為何沒有照到我〉、〈遠方的光你為何欺騙我〉……每一則歌名都像讖語。那些歌聲勾連成一幅特里蘭的文明圖景，然其暗處卻飽滿著歷史的創傷與債務。小說集最後一篇〈彼時一個遙遠的地方〉，寫法與前七篇大不相同。它更接近散文詩，或者某種民間歌謠。它是特里蘭的「創世紀」，逆推回城鎮的原始，指向的卻非神聖，而是病痛、亂倫和死亡。掘墓人最後的話，以最粗野的方式，為我們總結（或終結？）了「寫作」：「說話也沒有用。又是炎熱的一天。該去忙了。誰能做事，就讓他去做，去行動，其他人只管閉上嘴巴。誰做不了事，就讓他去死吧。就這樣。」

CONTENTS

# 目次

# 繼承

# 1

這個陌生人並不陌生。從第一眼起——如果說真是第一眼看見他的話——他外表中的某些東西，就讓阿里耶・蔡爾尼克既反感，又備受吸引：阿里耶・蔡爾尼克覺得他記得那張臉、那幾乎垂至膝蓋的雙臂，但記憶有些模糊，好像是很久以前的事了。

那個人把車正對門口停下。是輛罩滿灰塵的米色轎車，後車窗上還貼著五顏六色的拼綴物：各式各樣的聲明、警告、標語和感嘆號。他鎖上車，使勁地把每扇車門搖得哐噹響，確保車門已關緊。接著他輕輕拍了一兩下引擎蓋，好像那車是你拴在門柱上的一匹老馬，你深情地拍拍牠，讓牠知道不會等太久。然後這個人推開門，闊步走向藤蔓繁茂的前廊，只是步態有些蹣跚，幾近痛苦，像是走在滾燙的沙子上。

阿里耶・蔡爾尼克坐在走廊角落的吊椅裡。他可以看到別人，別人卻看不到他。他從車子停下的那刻起，就觀察著這位不速之客。但即使再三努力，他也想不起來何時何地見過這個陌生又似曾相識的人。是在國外旅行時嗎？還是服兵役時？上班時？讀大學時？要不然就是上小學時？這個人臉上露出狡黠而快樂的神色，好像剛剛以犧牲別人為代價搞了個惡作劇，此刻正揚揚得意。在陌生人相貌的背後，或在其相貌之下，那張令人既熟悉又困惑的面孔上，隱藏著難以捉摸的特徵：他是不是曾經傷害過你？或者相反的，你曾對他做過已經被遺忘的錯事？

猶如一場夢，但夢的百分之九十已經消失，只剩一個尾巴依然可見。

阿里耶．蔡爾尼克決定不站起身迎接來客，而是在這裡，在門前走廊的吊椅上等他。

陌生人遽然躍身，沿著通向走廊台階門口的小道蜿蜒前行，兩隻小眼睛左顧右盼，好像是害怕很快被人發現，或是害怕從小道兩旁的九重葛叢中會突然躥出惡狗襲擊他。

他淡黃色的頭髮稀稀疏疏，一脖子贅肉，兩隻水汪汪的眼睛轉來轉去，似乎在尋覓著什麼，黑猩猩般的長臂下垂著，這一切令人產生隱隱的不安。

阿里耶．蔡爾尼克在匍匐的藤蔓庇蔭下，利用這隱蔽的有利地形，注意到這個人塊頭很大，但顯得軟弱無力，像是大病初癒，似乎以前身強體壯，但最近內在的健康開始垮掉，皮膚逐漸皺縮。就連他那件邋里邋遢、兩個口袋鼓脹脹的米色夏季上衣也顯得過於寬大，鬆鬆垮垮地垂在雙肩上。

儘管已是夏末，小道路面乾乾爽爽，陌生人還是停下腳步，在台階前的腳墊上仔仔細細地蹭蹭雙腳，然後依次檢查兩隻鞋底。直等到他滿意時，才走上臺階，拍打紗門頂部。他彬彬有禮地拍了幾下紗門，沒有得到任何回應，最終環顧四周，看到主人正平靜地坐在走廊一個角落裡的吊椅上，在涼棚下乘涼，四周是一盆盆的鮮花和蕨類植物。

訪客滿臉堆笑，屈了一下身子，然後清清嗓子，像在發表宣言似地說：

「蔡爾金先生，你這個地方真漂亮！太棒了！有點以色列的小普羅旺斯味道！比普羅旺斯還要好——啊！托斯卡尼！這風景！這樹叢！這藤蔓！特里蘭簡直是整個黎凡特[1]最棒的鄉村。非常可愛！早安，蔡爾金先生。抱歉，希望沒有打擾到你。」

---

1 黎凡特是歷史上一個模糊的地理概稱，廣義上是指中東托魯斯山脈以南、地中海東岸、阿拉伯沙漠以北和上美索不達米亞以西的一大片地區。

阿里耶・蔡爾尼克面無表情地回應著這些問候，指出他的名字是蔡爾尼克，不是蔡爾金，還說不幸的是，他沒有從上門推銷的人手裡買東西的習慣。

「非常正確！」對方大叫道，用袖子擦擦額頭，「我們怎麼知道那個人究竟是真誠的推銷員還是騙子？甚至，是某個竊盜集團派來探路的壞蛋？可實際上，蔡爾尼克先生，我不是推銷員。我是馬夫茨爾！」

「什麼？」

「馬夫茨爾。沃爾夫・馬夫茨爾。洛坦姆－普魯傑寧律師事務所的人。很高興認識你，蔡爾尼克先生。我來找你，是因為一件事。該怎麼說呢，也許不用再多做形容，應該直接說。你介意我坐下來嗎？這件事多少帶點個人色彩。不是我的私事——要真是我自己的事，那還真是罪該萬死——而且，我怎麼也不會這樣不先招呼一聲就闖到這裡來。儘管，我們真的努力了，我們當然努力了，還努力了好幾次，可電話號碼簿上沒有你的電話，寫信也沒有回音，於是我們決定不打招呼就來拜訪，碰碰運氣。非常抱歉，冒昧打擾了。一般情況下，我們確實不會這麼做，闖入私人住宅，尤其碰巧遇到人家是住在整個國家最漂亮的地方。不管怎樣，正如我們所說的，這絕不是我們個人的事。不，不是。絕對不是。實際上，恰恰相反，它是關於——呃，該怎麼換個說法呢——它其實是關於你的事，先生。你本人的事，不是我們的事。更準確地說，是與你的家人有關。或者說，大致上與你的家人有關；再精確一點說，是與你家裡某個具體成員有關。你不反對我坐下來聊個幾分鐘吧？我保證會盡力讓整件事占用你的時間不超過十分鐘。不過，這其實完全取決於你，蔡爾金先生。」

「蔡爾尼克。」阿里耶說。

接著他說：「請坐。」

「不是坐這裡，坐那邊。」他又加了一句。

因為這個肥胖的男人，或者說以前曾經肥胖過的男人，起初坐在另一張吊椅上，剛好在主人身邊，以至於兩個男人大腿挨著大腿。他身上散發出一股股濃重的氣味，是正在消化的食物味道、襪子味、爽身粉和腋下發臭的味道。在這混雜的氣味上面，還充斥著刮鬍水的刺鼻味。阿里耶．蔡爾尼克突然想起自己的父親：他也用刺鼻的刮鬍水香氣來掩蓋體味。

訪客聽到要挪地方，立即站起身，輕輕搖晃了一下。他那像人猿一樣的手臂抓住雙膝，道個歉，然後把穿在過於寬鬆褲子裡的屁股放在指定的位置——圓桌對面的一張木凳上。那是一張做工粗糙的長凳，是用粗略刨平的木板搭成，有些像鐵軌的枕木。阿里耶這麼做，最主要是不讓生病的母親看到這位訪客，就連他的背影、他投射在棚架上的影子，都不能讓母親看到，因此他讓他坐在從窗戶看不到的位置上。

至於他那油腔滑調、領唱人般的聲音，他耳聾的母親是聽不見的。

## *2*

三年前，阿里耶·蔡爾尼克的妻子娜阿瑪到聖地牙哥探望她最好的朋友泰勒瑪·格蘭特，結果一去不返。她沒有寫信明說要離開他，而是拐彎抹角地暗示短期內不回去了。半年後她寫信說：我還是和泰勒瑪住在一起。後來又寫信說：沒必要繼續等我了。我和泰勒瑪一起在一間新裝修的工作室工作。在另一封信她寫道：我和泰勒瑪相處得很好，我們志趣相投。還有一回她寫道：我倆的精神導師建議我們不要放棄彼此。你不會有事吧。你不會生氣的，對吧？

後來，他們已經成家的女兒希拉從波士頓寫信來：「爸，我建議不要給媽施壓，這對你有好處。你要尋找自己的新生活。」

他想到，自己很久以前就和大兒子艾勒達斷了聯繫，而且除了家人，他也沒有任何親近的人，所以在去年，他決定處理掉卡邁爾山上的房子，搬到特里蘭的老家與母親同住，靠他在海法兩間房子的租金為生，致力於自己的愛好。

就這樣，他接受了女兒的建議，為自己找到了新生活。

阿里耶·蔡爾尼克年輕時曾待過海軍陸戰隊。他從小就不怕危險，不畏敵，也不會懼高。然而隨著歲月流逝，他卻開始懼怕空蕩蕩房子中的黑暗。因此他最終決定回到特里蘭村邊他出生、長大的那座老屋，和母親相守。他的母親羅薩莉亞是一位年屆九旬的老太太，背駝得厲害，耳聾而沉默寡言。多數時間，她讓他掌管家務，沒有任何要求和意見。偶爾，阿里耶·蔡爾尼克想到總有一天，母親會生病，或者年邁體弱，不能自理，需要人照顧，到時候他將被迫餵她吃飯、幫她洗澡、替她換尿布。他想過，也許該雇個女看護，但如此一來，整個家中的寧靜將被打破，他的生活也會暴露在外人眼前。有時他甚至期待或幾乎希望母親能馬上不支倒地，這樣他便能合情合理地將她轉到一個合適的養老院，自己獨占整座房子。他可以自由自在地娶一位漂亮的新太太；或者，他可以不找太太，而是把一個又一個年輕女子帶回來；他甚至可以敲掉內牆，裝修房子，好展開新的生活。

然而想像終究是想像，此時，他們母子二人仍舊在這幢陰鬱的老房子裡過著平靜寂寥的日子。女幫傭每天上午過來，帶來阿里耶在購物清單上列出的物品。她收拾房間、打掃、做飯、伺候這對母子吃過午飯之後，就默默離開了。母親每天多數時候坐在她的房間裡看那些老舊的書，而阿里耶·蔡爾尼克則在自己的房間裡聽廣播，或者用輕木片製作模型飛機。

## 3

突然，陌生人朝主人露出心照不宣的詭異微笑，那微笑就像在使眼色，暗示他兩人一起犯下了某種小小的過失，但似乎又怕他的示意會招致某種懲罰。

「對不起，」他友好地問，「我可以自己弄點水喝嗎？」

因為想著主人會點頭同意，他便拿起水壺，把泡有一片檸檬加薄荷葉的冰水倒進桌上唯一的杯子裡，那是阿里耶・蔡爾尼克自用的杯子。客人把肥厚的嘴唇貼到杯子上，呼嚕嚕五六口就把水吞了下去。他又給自己倒了半杯水，大口喝光。

「對不起！」他抱歉地說，「你坐在漂亮的走廊裡，絕對不會知道今天有多熱。今天真的很熱！儘管熱，這地方依然十分迷人！特里蘭確實是這整個地區最漂亮的村莊！它是普羅旺斯！比普羅旺斯還要好——是托斯卡尼！叢林！果園！百年農宅，紅屋頂，參天的松柏！現在你覺得怎麼樣，先生？你是願意接著聊這裡的美，還是允許我直接進入我們的案子？」

「我在聽啊。」阿里耶・蔡爾尼克說。

「蔡爾尼克一家，如果我沒搞錯的話，是列昂・阿卡維亞・平斯克的後裔，屬於村子的創建者。你們是最早一批定居者，對吧？是九十年前？還是差不多有一百年了？」

「他叫阿基瓦・阿里耶，不叫列昂・阿卡維亞。」

「當然啦，」訪客情緒高漲，「我們對你們的輝煌家族史滿懷敬意。不僅僅是敬意，是欽佩！首先，如果我沒有搞錯的話，兩個哥哥塞姆揚和波利斯・蔡爾尼克來自哈爾科夫[2]地區的一個小村莊，在人煙稀少的梅納什山區荒野中央創建了新型的定居點。那裡空空蕩蕩，只有灌木叢生的荒蕪平原。在那塊窪地上，連阿拉伯村莊都沒有：阿拉伯村莊都坐落在山的另一側。後來他們的小侄子來了。他叫列昂，或者，要是你堅持的話，叫阿基瓦．阿里耶。那時，至少在人們之間是這麼傳說的：先是塞姆揚，接著是波利斯回俄國去了，波利斯在俄國用斧頭砍死了塞姆揚，只有你爺爺——不然就是你曾祖父？——列昂．阿卡維亞留了下來。不是阿卡維亞？是阿基瓦？對不起。那麼就是阿基瓦了。長話短說，是這樣：我們馬夫茨爾家族也來自哈爾科夫地區！來自哈爾科夫森林！千真萬確！馬夫茨爾！你大概聽說過我們吧？我們家族中出了個著名的領唱人，沙亞─萊夫．馬夫茨爾。還有個格里高利．莫伊塞耶維奇．馬夫茨爾，他是紅軍的一位高級軍官，在一九三〇年代的大清洗中被史達林殺害了。」

這時，客人站起身，模仿行刑人的姿勢，發出一陣機槍掃射的聲音，露出尖利但不怎麼白的門牙，然後帶著微笑坐回長凳上，像是為成功表演了行刑而欣喜。阿里耶．蔡爾尼克覺得此人可能在等著鼓掌，至少等著微笑，以換取他故作多情的咧嘴一笑。

然而，主人並不打算報以微笑。他把用過的杯子和冰水壺推到一邊，說：「是嗎？」

律師馬夫茨爾兩手相互交疊，快樂地擠壓，彷彿他許久未曾滿足自己了，而這個意想不到的邂逅使他充滿了快樂。在滔滔不絕的語詞下湧動著無窮無盡的歡樂，那裡有一股自我滿足的灣流。

「那好，我們就如常人所言，開門見山來說吧。我今天冒昧叨擾，與你我二人的私事有關，說不定也和你親愛的長命百歲的母親有關。我是說，應該會與那位親愛的老夫人有關吧！當然嘍，只要你不是特別反對提出這個微妙的問題。」

「哦？」阿里耶．蔡爾尼克說。

訪客站起身，脫掉他那件顏色已然像骯髒沙子的「米色外衣」，白襯衫的腋窩處露出兩大塊汗漬。他把外衣掛在椅背上，又坐了回去。

「抱歉。希望你不要介意，只是因為天氣太熱了。你不介意我把領帶也解下來吧？」有那麼一刻，他看上去像個惶恐的小孩，知道自己該受到訓斥，也羞於求

---

2 烏克蘭東北部的一座工業城市。

鐃。但是這種表情瞬間便消失了。

一邊是主人一言不發，一邊是訪客自行摘下領帶。他那姿勢令阿里耶・蔡爾尼克想起兒子艾勒達。

「我們心裡只要想著你的母親，就無法實現財產的價值。」

「你說什麼？」

「除非我們在一家絕妙的療養院給她找個絕妙的去處。我正好有這樣一家療養院。也就是說，我合夥人的兄弟開的。我們只需取得她的同意，或是證明我們是她的法定監護人會更容易些吧？那樣，我們就無需取得她的同意。」

阿里耶・蔡爾尼克點了幾下頭，搔了搔右手手背。最近，他發現有那麼一兩次，他確實在考慮：一旦年老體衰的母親在身體和精神方面不能自理，她該怎麼辦，他又能怎麼辦。他也不知何時該做決定。因為，有時候一想到可能與母親離別的念頭，就令他內心充滿憂傷與恥辱；但有時候，他又幾乎在期待母親離去，好為他的未來開闢種種可能。甚至有一次，他還讓房地產經紀人約西・沙宣為他做了財產的評估。這些受到壓抑的希望使他充滿了內疚和自我憎恨。但很奇怪，眼前這個令人討厭的傢伙，似乎能夠看穿他可恥的想法。因此，他讓馬夫茨爾先生回到起點，準確地解釋他究竟代表誰？誰派他到這裡來的？

沃爾夫・馬夫茨爾咯咯一笑：「別叫馬夫茨爾先生。叫我馬夫茨爾就行了。不然就叫我沃爾夫。親戚之間沒必要用『先生』來稱呼。」

## 4

阿里耶・蔡爾尼克站起身。兩人的手臂都很長，幾乎及膝，但蔡爾尼克比沃爾夫・馬夫茨爾個子高，塊頭大。雙肩寬大結實的他跨出兩步衝向訪客，在他面前直挺起腰桿說：

「那你想怎樣。」

他說此話時用的不是問號。他邊說邊解開襯衫的第一顆鈕釦，露出毛茸茸的灰白胸脯。

「先生，幹嘛這麼著急呢？」沃爾夫・馬夫茨爾用帶著安撫的口吻說：「我們需要從各個角度謹慎耐心地商量這件事，這樣才不至於留下任何漏洞與缺口。我們必須避免在細節上出現任何差錯。」

在阿里耶・蔡爾尼克看來，訪客顯得有些鬆垂綿軟。皮膚對他來說，似乎是件過於寬大的衣服。他的外衣一度鬆鬆垮垮地掛在雙肩上，就像給稻草人披了件大衣。他的兩眼水汪汪的，有些矇矓。與此同時，他似乎還有幾分恐懼，像是懼怕一種突如其來的傷害。

「『這件事』是什麼？」

「我是說，老太太的問題。我是說，您的母親。我們的財產依然掛在她名下，直到她臨終的時候——誰知道她想把誰寫進遺囑裡呢——或者，直到我們想辦法成為她指定的監護人。」

「我們？」

「這幢房子可以拆掉，改成一座療養院。一座健身農莊。我們可以在這裡建造一個在整個地區無與倫比的地方：純淨的空氣，靜謐的田園，普羅旺斯或托斯卡尼般的鄉村風光。天然藥草治療，按摩，冥想，精神指導，有人會願意為我們這裡提供的服務掏出大把鈔票。」

「抱歉，我們認識到底有多長時間了？」

「可是我們已經是老朋友了。不光是朋友，我們還是親戚。甚至是合作夥伴。」

阿里耶・蔡爾尼克站起身，可能打算讓他的訪客也起身離開。但是那人依舊坐在原位，甚至伸手把一些檸檬薄荷水倒進了阿里耶・蔡爾尼克曾經用過、如今被他霸占的杯子裡。阿里耶又坐回位子上。眼前的沃爾夫・馬夫茨爾，襯衫的腋窩處露出兩塊汗漬。他沒穿外衣，沒戴領帶，就像個來到小鎮上的牲口販子，與農民們耐心而狡猾地洽談生意。他堅信雙方都將從這筆生意中獲益。在他身上潛藏著某種邪惡的歡快，而他的主人似乎對此一無所知。

阿里耶・蔡爾尼克騙他說：「我現在得進屋了。我還有事。抱歉。」

沃爾夫・馬夫茨爾露出微笑。「我不急。要是你不反對，我就坐在這裡等你。或者我應該和你一起進去，讓老太太跟我熟識一下。畢竟，我得盡快贏得她的信任。」

「老太太不見客。」阿里耶・蔡爾尼克說。

沃爾夫・馬夫茨爾執意說道：「嚴格說來，我不能算是客人。」他站起身，準備陪主人一起進去。「我們畢竟——怎麼說呢？可以算是親戚吧？甚至是合作夥伴？」

阿里耶・蔡爾尼克突然想起女兒希拉要他放棄她母親的建議：不要強求她回

來，及早展開新生活。其實，當娜阿瑪在大吵一架之後前去探訪她最好的朋友泰勒瑪．格蘭特時，他並沒有盡力將她追回，反倒把她所有的衣物打包寄往泰勒瑪在聖地牙哥的住址。當他的兒子艾勒達和他斷絕來往之後，他也把艾勒達所有的書，甚至他小時候的玩具全都打包寄給他。他清除了所有會喚起記憶的東西，就像戰鬥結束後清掃敵人的戰場。幾個月後，他打點自己的所有物品，離開了位在海法的公寓，搬到了特里蘭和母親同住。他別無所求，只渴望得到某種全然的寧靜：日復一日，自由自在的寧靜。

有時，他走出家門，久久地在村莊周圍漫步。有時他會走得更遠，去往群山環抱的小山谷，穿過一座座果園和黑黝黝的松林。還有的時候，他會在父親多年前便已拋棄的農場廢墟走上半個小時。那裡依然有幾座殘破的建築、雞舍、鐵皮屋、穀倉，以及曾經養肥小牛、如今已廢棄的棚子。後來，這個棚子變成他堆放舊屋家具的貯藏室，裡面放著他從海法卡邁爾山運來的扶手椅、沙發、小地毯、餐具櫃和桌子，上面布滿了灰塵，纏繞著蜘蛛網。他和娜阿瑪曾一起睡過的舊雙人床依舊擱在角落裡，床墊上堆著沾滿灰塵的被子。

阿里耶．蔡爾尼克說：

「抱歉。我很忙。」

沃爾夫·馬夫茨爾說：「當然。我很抱歉。我親愛的夥伴，我不會再打擾你了。從現在開始，我甚至不會再吭聲了。」

就這樣，他站起身跟隨主人走進屋內。屋子裡昏暗、陰冷，微微散發著汗臭與陳舊的氣息。

阿里耶·蔡爾尼克堅定地說：

「請在門外等我。」

他其實是想說探訪已經結束，訪客該走了，縱然這樣有些無禮。

## 5

可是訪客從來就沒想過要走。他緊跟著阿里耶·蔡爾尼克，飄然進屋，穿過走廊，依次打開房門，冷靜地審視著廚房、書房以及阿里耶·蔡爾尼克投入業餘愛好的工作室。工作室的屋頂掛著輕木片做的模型飛機。模型隨著牽引力輕輕移動，似在準備投入一場殘酷的空中戰役。他讓阿里耶・蔡爾尼克回想起自己從小就有的習慣：把每扇關閉的房門打開，看看門後潛伏著什麼。

他們來到走廊另一頭。阿里耶・蔡爾尼克站在那裡擋住了通向自己臥室的入口，那裡曾是他父親的臥室。可是沃爾夫・馬夫茨爾並不打算侵入這間主臥室。他輕輕敲了敲耳聾老太太的房門。因為沒有回應，他於是輕輕把手放在門把上，輕輕打開房門，只見羅薩莉亞躺在寬大的雙人床上，毯子拉至下巴，頭髮罩在髮網裡，雙眼緊閉，瘦骨嶙峋，沒有牙齒的下顎顫動著，似乎在嚼著什麼。

「就像在做夢啊，」沃爾夫・馬夫茨爾咯咯笑道，「你好，親愛的夫人。我們如此想你，非常想來看你。你見到我們一定很高興吧？」

說著，他彎腰親吻了她兩次，久久地親吻她的雙頰，接著又親吻她的額頭。老太太睜開渾濁的雙眼，從毯子下伸出一隻骨瘦如柴的手，撫摸沃爾夫・馬夫茨爾的頭，咕噥了些什麼，或像咕噥了別的什麼，又用雙手把他的頭往自己這邊拉。他回應著她，腰彎得更低。然後他脫下鞋子，親吻她沒牙的嘴，躺在她的身邊，拉開毯子蓋住他們二人。他加重語氣說：「你好，我最親愛的夫人。」

阿里耶·蔡爾尼克猶豫了片刻。透過敞開的窗子，他看向破敗不堪的農場小屋，還有那棵落滿灰塵的柏樹。一株橘黃色的九重葛用火紅的手指沿柏樹攀緣而上。他繞過雙人床，關上百葉窗和窗子，拉下窗簾，同時解開襯衣鈕釦，接著解下腰帶，脫掉鞋子，脫下衣服，上床躺在老母親身邊。他們三人就這樣躺在那裡：屋主老太太、她默不作聲的兒子，還有陌生人。這陌生人不停地撫摸她，親吻她，溫柔地咕噥著：「這裡的一切都會變好的，親愛的女士。這裡的一切都會越來越美好。我們會照顧這裡的一切。」

# 親屬

# 1

村莊籠罩在二月傍晚那提早降臨的黑暗中。蒼白街燈映照下的公車站裡，只有吉莉．斯提納一人。村委會辦公室門窗緊閉。附近房屋的百葉窗裡傳來電視機播放的節目聲音。一隻流浪貓輕輕抬起毛茸茸的腳掌走過垃圾箱。牠豎起尾巴，肚子圓鼓鼓的，慢慢穿過公路，消失在柏樹的影子裡。

台拉維夫開來的公共汽車每晚七點抵達特里蘭。吉莉．斯提納醫生六點四十就來到了村委會辦公室前。她在村裡的醫療基金診所擔任家庭醫生，此時正在等她姐姐的兒子，也就是她的外甥吉戴恩．蓋特。外甥還在服兵役。他在裝甲部隊培訓學校接受訓練時，發現自己的一顆腎臟有問題，需住院治療。現在他已經出院，母親送他到她鄉下的妹妹這裡休養幾天。

斯提納醫生是個瘦削、乾癟、形銷骨立的女子，一頭灰色短髮，相貌平平，戴著一副方形無框眼鏡。她充滿活力，但看上去比四十五歲的實際年齡要老。特里蘭的人認為她是位出色的醫師，幾乎從未誤診過，然而大家也都說她態度冷漠、生硬粗暴、對病人缺乏同情，只是個專注的聽眾。她從沒結過婚，但和她年齡相仿的人記得她年輕時曾戀上一位已婚男子，後來這男人死於黎巴嫩戰爭[3]。

她獨自一人坐在公車站的長凳上等她的外甥，不時會抬手仔細看著手錶。在暗淡的街燈下，看不清楚錶針，不知道還要等多久公車才會來。她希望車不要誤點，希望吉戴恩會在車上。吉戴恩是個心不在焉的小夥子，很有可能上錯車。現在他大病初癒，一定會比原來更加心不在焉。

與此同時，斯提納醫生猛吸著這個乾冷冬日的晚間涼氣。犬吠聲聲。村委會辦公室的屋頂上懸著一輪即將盈滿的圓月，為街道、柏樹和樹籬灑上一層薄薄的光暈。光禿的樹梢一片迷濛。吉莉・斯提納近年來註冊了由達莉雅・列文在特里蘭村文化廳開設的兩門課，但在那些課程沒有學到想學的東西。她並不知道自己需要什麼。也許外甥的造訪可以幫她找到某種樂趣。二人會單獨相處幾天，一起坐在電暖器旁。她會照顧他，就像他小時候她所做的那樣。也許他們可以好好地聊聊，也許她可以幫這個小夥子調養身體。這麼多年來，她一直疼愛著他，視他如己出。她在冰箱裡放滿了好吃的東西，並在自己臥室的隔壁、一直為他準備的房間裡鋪好了床鋪，還在床尾蓋了一條毛毯。她在床頭桌上放了一些報紙雜誌，還擺了三四本她喜歡並期望吉戴恩也喜歡的書。她也打開了熱水器，為他準備好洗澡水。客廳裡燈光柔和，電暖器開著，桌上放著水果和乾果果盤，這樣吉戴恩一進門就會感受到家的溫暖。

七點十分，從奠基者街方向傳來公共汽車的聲音。斯提納醫生起身走到了站牌前。她精瘦結實，神情堅定，瘦削的肩膀上披了件黑毛衣，脖子上圍了條黑色毛圍巾。先是從後車門走下來兩個上了年紀的婦女。吉莉．斯提納覺得她們有些面熟，跟她們打了招呼，她們也點頭回應。阿里耶．蔡爾尼克從公車前門慢慢走下來。他身穿一件對他來說有些太大的戰鬥服裝，頭上的帽子遮住前額和眼睛。他向吉莉．斯提納道過晚安，開玩笑地詢問她是不是特意在等他。吉莉說她等的人是在部隊服役的外甥，可是阿里耶．蔡爾尼克在車上並沒有看到任何軍人。吉莉．斯提納又說，她在等候穿便裝的軍人。他們對話的時候，陸續下來了三四個乘客，但吉戴恩不在其中。公車快要清空了。吉莉問司機米爾金，在台拉維夫上車的人中有沒有一

3 指一九八二年爆發的第四次中東戰爭。

個又高又瘦還戴著眼鏡的小夥子，他是正在休假的軍人，相當英俊，但有點心不在焉，也許是身體狀況不佳。司機米爾金不記得有這麼一位乘客，可是他半開玩笑地說：

「別擔心，斯提納醫生，今天晚上沒到的，明天早上肯定會到；明天早上沒到的，明天中午肯定會到。大家遲早都會到的。」

最後一位客人亞伯拉罕．列文下車時，吉莉．斯提納問他公車上是否有個小夥子可能下錯了車。亞伯拉罕說：「可能有，也可能沒有。我沒注意。我在想心事。」他猶豫了一下，又補充道：「一路上經過了很多站。上上下下的人很多。」

司機米爾金主動提議要讓斯提納搭他的車回家，因為這台公車每天夜裡就停在米爾金家門外，早晨七點鐘開往台拉維夫。吉莉跟他說了聲謝謝，並表示想走路回家：她喜歡冬天的空氣，現在既然知道外甥沒來，她就沒理由趕著回家了。

米爾金於是跟她道過晚安，關上了車門，車子排出一股氣流後，便把車開回家了。這時，吉莉．斯提納轉念想到：吉戴恩很可能在公車後座睡著了，以致沒有任何人留意到；如果米爾金把公車停在他家門前，關掉了車燈，鎖上了車門，吉戴恩就會被困到第二天。於是她掉轉方向朝著奠基者街，精力充沛地在公車後面闊步前進，準備抄近路，穿越籠罩在黑暗中且灑上明月銀輝亮粉的紀念公園。

## 2

吉莉．斯提納走了二三十步後，心生他念。她想到，其實應該直接回家打電話給司機米爾金，讓他出去查看是否有人在公車後座上睡著了。她還可以打電話給姐姐，弄清楚吉戴恩是否真的出發來特里蘭了，是不是在最後一刻取消了行程。但她轉念一想，何必讓姐姐擔心呢？她一個人擔心就夠了。要是孩子真的提前下車，他一定會想辦法從某個小村子給她掛個電話——這是她覺得應該直接回家，不要一路追到米爾金家的另一個原因。她想，她可以告訴吉戴恩不管在哪裡都坐計程車來，要是他錢不夠，她當然會付費。她的腦海中已經浮現這個孩子再過大約半個小時，乘坐計程車來到她家的情形：他像平時一樣靦腆地笑著，柔聲柔氣地道歉，說自己太糊塗了。她會像吉戴恩小時候那樣抓住他的手，安慰他，原諒他，把他帶進家門，讓他洗澡，吃她為兩人準備的晚飯：烤魚和烤馬鈴薯。等他洗完澡，她會迅速地看一下他的診斷報告：她已經要吉戴恩把診斷報告帶過來了。她只相信自己的診斷；儘管有時連自己也不相信——或說不完全相信。

儘管斯提納醫生已經打定主意直接回家，可她還是繼續邁著堅定的步子走上了通往村文化廳的奠基者街，抄近路穿過紀念公園。潮濕的冬日空氣給她的眼鏡濛上了一層霧氣。她摘下眼鏡，用圍巾一角擦了擦，又將眼鏡推回鼻梁上。不戴眼鏡的她立刻顯得不那麼呆板無趣了，而是有些柔和，有些生氣，就像一個小女孩遭受了不公正的責罵。但是在紀念公園裡，沒人能看見她。我們只是透過無框方形眼鏡裡的寒光來瞭解斯提納醫生。

紀念公園佇立在那裡，安詳，靜謐，空曠。草坪和一簇簇九重葛之外，是一片松林構成的濃密黝黑的板塊。吉莉．斯提納深深地吸了口氣，加快了步伐。她的鞋子踩在石子路上，發出吱吱嘎嘎的聲音，好像踩到了某種短促尖叫的小動物。吉戴恩四五歲時，他的母親帶他到剛開始在特里蘭做家庭醫生的姨媽這裡。他是一個昏昏欲睡、耽於夢幻的孩子，可以一連幾個小時一個人玩遊戲。他玩三四種簡單的東西，一個杯子、一個煙灰缸、一副鞋帶。有時他會身穿邋里邋遢的短衫坐在屋前台階上，對著天空發呆，只有兩片嘴唇翕動著，似乎在講述故事。吉莉姨媽不喜歡讓孩子沉浸在孤獨中。她會想方設法給他找玩伴，可鄰居家的孩子都覺得他很無趣，一刻鐘後他又一個人待在那裡了。他沒試著和他們交朋友，而是坐在長廊的秋千椅上發呆，不然就是把釘子排成一排。她又替他買了一些遊戲和玩具，可是孩子玩不了多久，就回到平日的消遣裡去了：兩個杯子，一個煙灰缸，一只花瓶，幾枚迴紋針，還有湯匙。他按照某種只有他自己才懂的邏輯在毯子上排列這些東西，然後將其打亂，再重新組合。他的嘴唇一直動著，似乎在給自己講故事，這些故事他從未和姨媽分享過。夜晚，他會在手裡抓著一隻褪色的小玩具袋鼠入睡。

有那麼幾次，為了讓孩子不再孤單，她建議到村邊田野散步，到維克多・愛茲拉的小商店買些糖果，或是去攀爬由三根水泥柱支撐的水塔。但是他只是聳聳肩，好像對她突然且莫名其妙的提議感到詫異。

還有一次，那時吉戴恩五六歲，他母親帶他來姨媽家小住。吉莉那幾天休假。可是她接了一個急診，要到村外給人看病。孩子堅持要一個人留在家裡，在毯子上玩牙刷、梳子和一些空火柴盒。她不讓他一個人待在家裡，堅持要他和她一起去，或者留在診所讓接待員吉拉照顧他。可是他相當堅持，一定要留在家裡。他不怕一個人待著，因為他的袋鼠會照顧他，而且他保證不給生人開門。吉莉．斯提納勃然大怒，不光是因為這個孩子固執地堅持一個人在毯子上玩遊戲，還因為他一貫的奇怪舉止，他懶散的樣子，他的袋鼠，以及他與世界的脫節。她大聲叫嚷：「你現在就跟我走。就是這樣。」但那孩子說：「吉莉姨媽，我不去。」他的語調耐心而輕柔，像是奇怪她怎麼領悟得這麼慢。突然，她伸出手，給了他一記重重的耳光。之後，令她自己吃驚的是，她繼續用雙手打他的頭、他的肩膀、他的後背，氣急敗壞，就像在和仇敵打架，或是教訓一頭桀驁不馴的騾子。吉戴恩在這陣暴打中，一聲不吭地蜷著身子，把頭縮進肩膀，等候襲擊結束。接著他睜大眼睛抬頭看著她問：「你為什麼恨我？」她驚愕不已，含淚擁抱他，親吻他的腦袋，允許他獨自和他的袋鼠待在家裡，不到一個小時她就會回來，她請求他的原諒。孩子說沒事，人有時候是會發火。可是他從此倍加沉默，一言不發，就這樣一直到母親兩天後來接他。他和吉莉都沒說起他們爭吵的事。臨走前，他從毯子上撿起橡皮筋、書擋、鹽瓶、醫用棉墊，一一放回原處。他把袋鼠放回抽屜。吉莉彎腰親熱地親吻他的雙頰；他閉緊雙唇，禮貌地親了親她的肩膀。

# 3

她走得更快了，每邁一步都更加確信吉戴恩就是在後排座位上睡著了，如今被鎖在停於米爾金家前過夜的黑漆漆公車裡。她想像著他在寒冷和突如其來的寂靜中醒來，試圖從公車裡出來，用力推著閉緊的車門、捶打後面的窗戶。他也許像平時一樣忘了帶手機，就像她自己出門到公車站等他時忘了帶手機一樣。

霏霏細雨開始灑落，幾乎讓人察覺不到。輕風不再吹拂。她穿過一簇簇黑黝黝的松樹，來到紀念公園橄欖街口的暗淡街燈下。在這裡，一個翻倒的垃圾箱絆了她一下。吉莉．斯提納小心翼翼地躲開垃圾箱，輕快地走上橄欖街。百葉窗緊閉的房屋籠罩在迷濛的霧靄之中。一座座精心照管的庭院似乎在寒冬中沉睡，四周環繞著女貞、香桃木和金鐘柏樹籬。建在老屋廢墟上的新豪華別墅散置各處，紛紛探出街頭，雖然被爬行植物掩映，卻隱約可見。最近幾年，城裡很多有錢人到特里蘭購買老式平房，將其夷為平地，在上面建起鑲有飛簷、搭著遮陽篷的大別墅。吉莉．斯提納暗自思忖，特里蘭很快就不再是村莊，而是變成有錢人的度假勝地了。她將來要把自己的房子留給外甥吉戴恩，這已經立好了遺囑。現在她能夠清楚看到吉戴恩了，他身上裹著溫暖的外套，不安地睡在停靠於米爾金家門前、上了鎖的公車後座。

拐過猶太會堂廣場時，微風吹來，凍得她瑟瑟發抖。細雨已經停了。一只空塑膠袋在微風的吹拂下翻滾著，飛過她的肩膀，猶如蒼白的幽靈。吉莉．斯提納加快了腳步，從垂柳街走向墓園街。公車司機米爾金的家就在街的那頭。拉海爾．弗朗科老師和她年邁的父親佩薩赫．凱德姆住在他家對面。吉戴恩大約十二歲那年，有一次突然獨自出現在特里蘭的姨媽家門口，因為他和母親吵了一架，決定離家出走。一切都起因於他考試沒及格，母親把他鎖在家裡，他只好從她的錢包裡拿走一些錢，從陽台逃出來，直奔特里蘭。他隨身帶了個小包，裡面裝著襪子、內褲和一兩件乾淨的汗衫。他請求吉莉讓他進屋。吉莉擁抱了他，給他弄了些午飯，把他小時候玩的那個破舊的袋鼠玩具拿給他，而後給他母親打了電話，儘管姐妹倆關係不好。第二天，吉戴恩的母親趕來接孩子，卻沒跟妹妹說上一句話。吉戴恩順服聽話，傷心地和吉莉道別，然後一聲不響地拖著腳步，被盛怒的母親緊拉著一隻手離開了。還有一次，大約是三年前，那時的吉戴恩約莫十七歲，他來姨媽這裡小住，為的是在鄉村的寧靜與孤獨中專心準備生物考試。她本想幫他複習一下，可他們卻像一對同謀者，沒完沒了地玩跳棋遊戲，多數情況下是她贏。她從來不允許他戰勝她。每次輸了棋，他都懶洋洋地說：「我們再下一盤吧。」他們每天晚上並肩坐在沙發上，膝蓋上蓋著毯子，看電視裡播放的影片，很晚才睡。早晨，吉莉．斯提納到診所上班，在廚房餐桌上給他放一些切片麵包、沙拉、乳酪和兩個水煮蛋。回到家時，她發現他和衣睡在沙發上。他把廚房收拾得乾乾淨淨，也把他的被子疊得整整齊齊。午飯後，他沒有準備考試，兩人又一起下跳棋，一盤接一盤，幾乎不說一句話。晚上，儘管開著電暖器，他們還是蓋著毯子並肩坐在沙發上看英國喜劇片，一起放聲大笑。後來孩子回家了，儘管他幾乎沒有複習功課，但兩天後還是通過了生物考試。吉莉．斯提納打給姐姐，騙姐姐說幫他複習了功課，他準備得很充分、很用功。吉戴恩給姨媽寄了一本耶胡達．阿米亥[4]的詩集，在扉頁上感謝姨媽幫助自己準備生物考試。她則回贈他一張從水塔頂俯瞰特里蘭全景的彩色明信片。她感謝他贈書，說要是他願意再來和她一起學習，比如說再有別的考試，不要羞於開口。他的房間永遠為他留著。

4 耶胡達．阿米亥（Yehuda Amichai, 1924-2000），以色列詩人。

# 4

司機米爾金是個有著明顯巨臀的六十多歲鰥夫。他已經換上了家居服，身穿一條寬大的運動褲和一件為某家公司做廣告的T恤。斯提納醫生突然來敲他家大門，問他能否出來和她檢查一下有沒有乘客睡在他公車後排座位上，這讓他十分吃驚。

米爾金是個塊頭大、行動笨拙的男子，整天笑呵呵的，待人很親切。當他咧嘴笑時，會露出參差不齊的大門牙，舌頭有些外凸，幾乎垂露到下嘴唇。他猜想斯提納醫生的外甥一定是在沿路的某個車站下錯了車，現在正搭車往特里蘭趕來。在他看來，斯提納醫生應該回家等候外甥才對。不過，他還是同意拿著手電筒跟她一起查看有沒有乘客被困在公車上。

「他肯定不在那裡，斯提納醫生，但如果你願意，我們何不就去查查看呢？」

「你不記得一個又高又瘦戴眼鏡的年輕人，有點心不在焉但非常禮貌的年輕人嗎？」

「我看見幾個年輕小夥子上了車。我記得有個愛說愛笑的人，背著大背包，還帶著一把吉他。」

「他們都沒有到特里蘭來嗎？都在中途下車？」

「對不起，醫生。我記不清了。也許你有什麼靈丹妙藥增強我的記憶力？我最近什麼都忘。鑰匙、人名、日期、錢包、檔案，什麼都記不得。這樣下去，我會把自己是誰也給忘了。」

他啟動台階下面的一個祕密按鈕，打開大巴，費力地爬上車，檢查每一排座位，手電筒來回晃動攪起舞動的陰影。吉莉．斯提納跟著他上了車。他沿著走道往前走，斯提納差點撞到他寬大的後背。當來到後排座位時，他低聲驚叫，彎腰撿起一個軟綿綿的包裹，打開一看是件大衣。

「這會不會是你找的那個年輕人的大衣？」

「我不確定。有可能。」

司機用手電筒照照大衣，又照了照醫生的臉，照她一頭灰色的短髮、她的方形眼鏡、堅定的薄嘴唇，說年輕人可能已經上了車，但下錯了站，還忘了把大衣帶下車。

吉莉雙手撫摸著大衣，聞了聞，又讓司機用手電筒照了照大衣。

「像是他的大衣。我這麼認為，但不確定。」

「拿著，」司機慷慨說道，「帶回家吧。要是明天有其他乘客來找大衣，也沒關係，我知道你住在哪裡。我可以開車送你回家嗎，斯提納醫生？很快又要下雨了。」

吉莉對他表示感謝，說不需要，她可以走回家，她已經在他休息時打擾許久了。她走下車，司機跟在她身後，用手電筒幫她照路。她一邊下車，一邊穿上大衣，十分確定那就是吉戴恩的大衣。她從去年冬天就記住那件大衣，一件毛茸茸的棕色短大衣。她高高興興地穿上大衣，立刻感受到上面殘存的年輕人氣息，不是他現在的氣息，而是他小時候的淡淡的杏仁香皂和麥片糊的味道。大衣摸上去柔軟舒服，只是對她來說有些大。

她再次感謝米爾金。他又一次提議開車送她回家。但她說沒有必要，真的沒有必要。她轉身離去。即將盈滿的月亮再次鑽出雲層，為附近墓園的柏樹梢披上一層白茫茫的銀粉。村莊一片沉寂，只聽見水塔那邊傳來乳牛的低吟，以及遠方的狗報以回應，那長長的陰沉吠叫化作了一聲聲長嚎。

# 5

不過，那也有可能不是吉戴恩的大衣？他很可能取消行程，忘記告訴她了。也許他的病情加重，急急忙忙回了醫院？她從姐姐那裡得知，他在裝甲部隊受訓期間，一顆腎臟遭到感染，在醫院住了十天。她想去醫院探望，可是姐姐不准。她們姐妹長久以來關係並不好。由於不知道外甥的病情，她十分焦急，因此在電話裡要他把病歷帶來給她看，因為她向來不信任其他醫生所做的診斷。

她還想到，也許外甥沒有生病，而是上錯了車，睡著了，等車開到終點站某個陌生的小村莊時，才在黑暗中醒來，正不知該如何去往特里蘭。所以她必須趕快回家，如果此時他正想辦法打電話給她，該怎麼辦？也許他已經設法來到這裡，正坐在門前的台階上等她呢。他八歲時，有一次他母親在寒假帶他來。儘管姐妹長期不和，但姐姐還是會送他來和妹妹小住。第一天夜裡，他做了個噩夢。他在黑暗中摸索著，推開姨媽的房門，爬到姨媽床上，睜大眼睛，害怕到全身不停顫抖。他說他的房間有個惡魔，對他咯咯咯笑著，朝他伸出十隻長長的手臂，手上還戴著黑手套。她撫摸著他的頭，然後貼在自己單薄的胸前，可是孩子不接受安慰，繼續發出間歇性的狂叫。於是吉莉・斯提納決定消除造成他恐懼的因素，用力一把抓起嚇得呆若木雞的孩子，把他拽回自己的臥室。孩子踢打著、掙扎著，但她並不灰心，緊緊抓住他的肩膀，把他拉進房間。她打開電燈，告訴他，他害怕的只是一個上面掛了幾件T恤和一件毛衣的衣架。孩子不相信她，掙扎著脫身。他猛力打她，她則甩了他兩個耳光，一邊一個，讓他不要再歇斯底里了。但她立刻又對自己的行為感到後悔，把他抱在懷裡，將他的臉頰貼在自己臉上，還讓他帶著那破舊的袋鼠和她一起睡。

第二天早晨，他似乎在想什麼，可他沒有提出要回家。吉莉跟他說，他媽媽過兩天就來接他了，夜裡他可以和姨媽一起睡。吉戴恩對噩夢隻字未提。當天夜裡，他堅持在自己房間睡，但請她不要關他的房門，不要關掉走道的燈。凌晨兩點，他又爬到姨媽床上，渾身顫抖，躺在她的懷裡。她躺在那裡，再也睡不著，呼吸著她第一晚為他洗頭髮時用的洗髮乳淡淡氣息。她知道，孩子和她之間已經建立起一種無法言說、根深柢固的永久聯繫，她愛這個孩子勝於她在這世界上愛過的任何人，也勝於她會愛的任何人。

# 6

夜晚，除了聚集在垃圾箱周圍的流浪貓，村外看不到半個有生命的物體。電視播音員焦慮的聲音從緊閉的百葉窗裡傳出。遠處，有隻狗不停地汪汪吠叫，似乎奉命擾亂村子的寧靜。吉莉・斯提納依舊裹在米爾金給她的那件大衣裡，急急忙忙地走過猶太會堂廣場，又沿著橄欖街前行，毫不遲疑地抄近路穿過紀念公園那片黑沉沉的松林。黑暗中，一隻鳥朝她厲聲啼叫，池塘裡一陣蛙鳴。此時她確信，吉戴恩正坐在黑暗裡，在她上了鎖的前門台階等她。可那樣的話，她現在身上的大衣又怎麼會遺落在米爾金的公車上？也許她穿的終究是一個陌生人的大衣？她邊想邊加快了腳步。吉戴恩一定穿著他自己的大衣坐在那裡，擔心她出了什麼事。當她走出小樹林時，她嚇了一跳，竟看到有個身影筆直地坐在公園的長椅上一動也不動，衣服領子翹了起來。她猶豫片刻，突然壯起膽子決定上前探個究竟——結果，只是一根掉落的樹枝，斜臥在長椅上。

斯提納醫生回到家時已接近九點。她打開門廳的燈，關上電暖器，急急忙忙檢查電話和手機裡有沒有留言。她把手機遺落在廚房的桌上，忘了帶出門。沒有留言，不過也許有人曾經打過電話，什麼也沒說。吉莉撥打吉戴恩的電話，可另一頭沒有回應。她因此決定放下自尊，給台拉維夫的姐姐打電話，弄清楚吉戴恩是不是真的出了門、上了路，還是決定取消行程卻沒有告訴她。電話響個不停，但無人接聽，只聽見答錄機自動說請在嗶聲後留言。她猶豫了一下，決定不留言，因為她想不出該說什麼：要是吉戴恩走丟了，那麼他現在已經搭車或者坐計程車往這裡趕來，沒必要讓他的母親擔驚受怕；要是他決定留在家裡，那他肯定會通知她的。也許他覺得，沒有必要今天晚上就給她打電話，明天上午上班時再給她打電話吧。但也有可能是他的身體狀況不佳，又住進了醫院？也許又發燒了？出現了感染？她立刻決定不顧姐姐反對，明天下班後就去醫院看他。她會到醫護人員辦公室，與該科的主任談談。她會要求親自查看檢查結果，得出結論。

吉莉脫下大衣，藉著廚房的燈光就近打量。大衣看上去很熟悉，但還是不能確定那就是吉戴恩的衣服。她發現顏色基本一樣，但領子略有不同。她把大衣攤在桌子上，自己坐在一把椅子上（一共只有兩把椅子），仔仔細細地檢查。她為他們倆備好晚飯，烤魚和烤馬鈴薯就放在烤箱裡等待加熱。她決定繼續等待吉戴恩。與此同時，她把電暖器開到最小。電暖器加熱時偶爾發出柔和的聲響。她一動也不動地坐了十幾分鐘，而後站起身走進吉戴恩的房間。床已經鋪好，床尾蓋了一條溫暖的毛毯，床頭桌上放著她為他精心挑選的報紙、雜誌和書。吉莉打開小小的床頭燈，把枕頭拍得鼓鼓的。她立刻感到吉戴恩已經來過這裡了，他睡了一晚，起床、收拾好床鋪離開了，現在又剩下她一個人。就像他每次來訪之後，她獨自一人留在空蕩蕩的房子裡一樣。

她彎腰把毯子邊角塞進床墊，回廚房切了些麵包，從冰箱裡拿出奶油和乳酪，按下水壺的煮水按鈕。水燒開後，她打開了放在餐桌上的小收音機。三個聲音在爭論持續不斷的農業危機，粗暴地相互打斷。她關上收音機看向窗外。房前的小徑光線暗淡，懸在空曠街道上空的月亮正飄浮在一片片低矮的雲層中。他有女朋友了，她突然想到，應該就是這樣，所以他忘了來，忘了告訴她；他終於有女朋友了，因此也就沒有理由再來看我了。這一想法讓她內心充滿近乎難以忍受的痛苦。彷彿她已經被完全掏空，只剩枯萎的空殼依然作痛。實際上，他並沒有答應她一定要來，他只是說會盡量趕末班車，但要她不必在公車站等他，因為他要是決定今晚來，就會自己找到她家；今晚要是不來，那麼他近期會來，也許是下星期。

縱然如此，吉莉．斯提納還是不能擺脫這些想法：吉戴恩迷路了，吉戴恩上錯車了，不然就是下錯車了，現在他也許獨自一人被困在一個偏僻的場所，凍得瑟瑟發抖，蜷縮在鐵欄杆後的鐵製長椅上，一邊是關了門的售票廳，一邊是上了鎖的報攤。他不知道怎樣才能來到她這裡。她有責任在這一刻起身走進黑暗，尋找他，發現他，把他帶回家。

大約十點，吉莉．斯提納暗自思忖，吉戴恩今晚不會來了。她確實沒什麼可做的，只能把烤箱裡的魚和馬鈴薯加熱，一個人吃，然後睡覺，明早七點之前起床到診所照顧她那些煩躁不安的病人。她站起身，彎腰從烤箱裡拿出魚和馬鈴薯，扔進垃圾桶。接著她關掉電暖器，坐在廚房的椅子上，摘下無框方形眼鏡，哭了起來。但兩三分鐘後，她停止哭泣，把破舊的袋鼠埋進抽屜，從烘乾機裡拿出洗淨的衣物。時間快到十二點了，她把所有衣物熨好，疊好，放好。到半夜時分，她脫下衣服上床睡覺。特里蘭開始下雨了。雨整整下了一夜。

# 挖掘

# 1

在生命即將走到盡頭之際，前國會議員佩薩赫．凱德姆和他女兒拉海爾住在梅納什山特里蘭村邊。他是一位身材高大、脾氣暴躁的駝背老人。由於駝背，他的頭被迫向前伸著，幾乎跟身子形成了直角。他八十六歲了，皺紋縱橫，青筋暴起，皮膚令人聯想到橄欖樹樹皮，狂暴的性情使他貌似洋溢著堅定的理想與信念。他從早到晚穿著拖鞋在房子周圍閒逛，總是一件背心和一條土黃色褲子，由於褲子過於寬大，只能用背帶固定住。他始終戴一頂破舊的貝雷帽，帽子重壓著前額，使他看上去就像退休的坦克指揮官。他不停地咕噥：詛咒一個打不開的抽屜；咒罵把斯洛伐克和斯洛維尼亞弄混淆的新聞播報員；朝著突然從海上刮來、吹散了他走廊桌上紙張的西風咆哮；朝著自己嚷嚷，因為他彎腰撿紙站起身時撞到了桌角。

二十五年前，他所屬的政黨垮台、消失，他對此耿耿於懷，在批評反對派和政敵時毫不留情，但是所有這些人在很久以前就已經離世。而年輕一代、電子產品和現代文學在在都令他作嘔；他認為報紙只會刊登一些淫穢下流之物，就連電視裡氣象預報員在他眼裡也像個妄自尊大、受女粉絲吹捧的男演員，根本只懂得胡說八道，不知所云。

他故意混淆或者忘記當今政治領袖的名字，就像整個世界把他遺忘了一樣。然而，他什麼都沒忘記。每個受到傷害時的微小細節，他都記憶猶新，並對兩三個世代前所遭受的委屈憤憤不平。對手暴露出來的種種弱點、議會中每次具有機會主義意味的表決、委員會每一則油嘴滑舌的謊言，他也都沒忘記。他更是把四十年前的同志所帶給他們的每道恥辱，完全銘記在心（而那些同志，他傾向於把他們稱作「錯誤同志」，有時候會把他那個時代的兩位年輕部長叫「無望同志」和「無用同志」）。

一天晚上，他和女兒拉海爾坐在走廊桌旁時，突然拿起滿滿一壺熱茶，在空中揮動起來，怒吼道：

「他們，大家都有份兒，打造出一個多麼美好的形象，本—古里昂[5]突然背著他們去倫敦與雅博廷斯基[6]打情罵俏。」

女兒拉海爾說：「佩薩赫，你要是不介意，就把茶壺放下吧。昨天你濺了我一身優酪乳。等一下你會把我們倆都給燙傷的。」

老人甚至對他的寶貝女兒怨聲載道。沒錯，她每天把他照顧得無微不至，可是她不尊重他。每天早晨七點半她就把他從床上轟下來，為的是晾曬或者更換床單，因為他身上總是散發著爛乳酪的氣味。她還毫不留情地批評他的體味。夏天她要他每天沖兩次澡。每星期她給他洗兩次頭髮，洗熨他的貝雷帽。她總是把他趕出廚房，因為他會翻抽屜，找她藏起來的巧克力（她每天只許他吃一到兩塊巧克力）。她呵斥他，要他如廁後沖馬桶，拉上褲子拉鍊。她每天三次擺放長長的一排藥瓶，裡面裝著他必須吃的藥丸和膠囊。這一切拉海爾做得一絲不苟，動作敏捷強硬，嘴唇噘起，好像她的工作便是對年邁的父親進行再教育，改正他的壞習慣，使他最終戒掉自私與自戀的積習。

糟糕的是，一早老人就開始抱怨工人們夜裡在房子下面挖掘，打擾他睡覺，好像他們白天就沒辦法挖似的，偏偏安分守己的人白天是不睡覺的。

5本—古里昂（David Ben-Gurion，1886-1973），猶太復國主義領袖，以色列第一任總理。
6雅博廷斯基（Ze'ev Jabotinsky, 1880-1940），猶太復國主義領袖，作家，詩人。

「挖？誰在挖？」

「我還問你呢，拉海爾，是誰深更半夜在我們這兒亂挖？」

「沒人在這裡亂挖，白天、晚上都沒有。除非是在你的夢裡。」

「他們在挖！在挖！午夜過後一兩個小時，各種敲擊和刮擦聲就開始響起。你要是沒聽到，就代表你睡死了。你總是像嬰兒睡得那麼沉。他們在地窖、地基下頭挖什麼呢？石油？金子？埋藏的珠寶？」

拉海爾更換了老人的安眠藥，但無濟於事。他繼續抱怨從臥室的地板下邊傳來敲打聲和挖掘聲。

## 2

拉海爾．弗朗科是個四十五歲的寡婦，相貌姣好，性情溫和，在特里蘭村的學校教文學課。她總是身穿優雅嫵媚、色彩柔和、令人賞心悅目的寬襬裙，配一條得體的絲巾，佩戴精緻的耳環，偶爾戴一條銀項鍊，即使在學校工作也穿高跟鞋。有些村民對她小女孩般的體態和梳馬尾辮的樣子不以為然。（她那個年齡的女人！還當老師呢！寡婦一個！她打扮成那樣給誰看呢？給獸醫米基看嗎？給她的小阿拉伯人看嗎？她是要取悅誰呢？）

這村莊古老而呆板，有一百多年的歷史了。樹木繁茂，房頂上鋪著紅瓦，散落著一塊塊小農田，其中不少已經改成商店，銷售專釀小酒廠生產的葡萄酒、醃製的辣橄欖、農家乳酪、外國香料、珍稀水果或裝飾品。以前的農莊建築已經改建成藝術畫廊，展示進口藝術品、非洲裝飾玩具、印度家具。這些東西都是賣給城裡來的遊客。他們每個週末都會開著轎車魚貫而入，來尋找那些富有創意、做工精良的物件。

拉海爾和老父親住在村邊一間孤零零的小房子裡。偌大的院落比鄰當地墓園的柏樹樹籬。父女倆都是喪偶之人。前國會議員佩薩赫的夫人阿維吉莉多年前死於血液中毒。他們的長子艾里阿茲死於一起事故（一九四九年他在紅海裡淹死，是第一個在紅海溺水而亡的以色列人）。而拉海爾的丈夫丹尼．弗朗科在五十歲生日那天死於心臟病。

丹尼和拉海爾．弗朗科的小女兒伊法特嫁給了洛杉磯一位前程似錦的牙醫。伊法特的姐姐奧絲娜特在布魯塞爾經營鑽石生意。兩個女兒都跟母親十分疏遠，她們好像將父親之死歸咎於母親。她們也都不喜歡外公，認為他驕縱、自私，脾氣極壞。

有時，老人氣憤之極會對著拉海爾叫她母親的名字：

「唉，真的，阿維吉莉。真的讓你有失身分。真丟人。」

也有很少數的情況，比如生病時，他會把拉海爾和他自己的母親辛妲弄混。辛妲是在里加[7]附近的一個小村莊被德國人殺害的。當拉海爾糾正他時，他會氣呼呼地否認自己弄錯了。

然而，拉海爾在父親面前連一次都不會出錯。她恬淡地忍受他漫無邊際預言性的謾罵與指責，但是每當他表現出馬虎與自戀時，她會毫不留情地予以反擊。要是他上廁所時忘記抬起座墊，她會往他手裡塞一塊濕布，粗暴地讓他回廁所做每個文明人該做的事。要是他把湯灑到褲子上，她會立即讓他離開桌子，去房間把褲子換了。她不會任由他扣錯襯衫釦子，或者把褲管塞到襪子裡走來走去。每當他在廁所裡坐滿四十五分鐘忘了起來，或者忘了關門，她會數落他，直呼他的名字佩薩赫。她要是特別生氣，就會叫他凱德姆同志。但有時——這種情況很少見——他的孤獨與憂傷會讓她內心深處瞬間湧起一陣痛楚，一種酷似慈母般的柔情。比如，如果他怯生生地出現在廚房門口，像孩子般懇求再給他一塊巧克力，她會答應他，甚至叫他爸爸。

「他們又在我們房子下面挖掘了。天快亮的時候，我聽見了鎬頭和鐵鍬的聲音。你沒聽到什麼嗎？」

「你也沒有聽到。你是在想像。」

「他們在我們家下頭找什麼呢，拉海爾？這些工人又是什麼人呢？」

「也許他們在挖地鐵通道。」

「你是開玩笑吧。但我沒搞錯，拉海爾。有人在房子下面挖掘。今天夜裡我去把你叫醒，你也會聽到。」

「佩薩赫，我什麼也聽不到。根本沒有人在這裡挖地洞，也許只是因為你心裡有鬼。」

---

7 今拉脫維亞共和國首都。

# 3

房前貼著地磚的地面上放著把躺椅，老人每天懶散地躺在上面。要是感到焦躁不安，他就會起身像個惡靈般輕快地從一個房間走到另一個房間，下到地窨裡安放捕鼠器；或是與走廊的紗門較勁，即使紗門朝外開，也要氣勢洶洶地去拉；不然就是咒罵女兒的幾隻貓。貓一聽到地上響起他的拖鞋聲，就逃走了。他會從走廊走進舊農莊場院，頭向前伸，幾乎成了直角，整個人就像一把倒立的鋤頭，在棄置不用的孵化基地、在化肥貯藏室、在工具房裡，發狂地尋找某本小冊子或書信，然後就忘了自己在找什麼，雙手拿起別人扔掉的一把鋤頭，開始在兩座苗圃之間開鑿一條沒用的通道，罵自己愚蠢，罵阿拉伯學生沒把一堆堆枯葉清理乾淨。他扔掉鋤頭，從廚房門又進屋裡。在廚房裡，他打開冰箱，仔細觀看裡面蒼白的亮光，砰的一聲使勁關上冰箱門，震得瓶子哐啷響。他一邊狂暴地穿過走廊，一邊自言自語，也許在譴責死去的偶像伊札克·塔賓金[8]和梅厄·亞阿里[9]，往浴室裡瞧瞧時，又咒罵起國際社會主義，再闊步走進他的臥室，接著因一股不可抗拒之力再次逛到廚房。他那戴著貝雷帽的腦袋猶如一隻蓄勢待發的公牛的頭，在儲藏櫃和碗櫃裡尋找巧克力，一邊發出呻吟。他又砰地關上櫃門，兩撇八字白鬍豎起，目不轉睛地盯著廚房窗外，突然朝向樹籬附近遊蕩的一隻山羊或者山坡上一棵橄欖樹揮揮拳頭，接著再度以驚人的敏捷速度，從一個房間步入另一個房間，從一個櫃子走向另一個櫃子。他得在櫃子裡尋找一些重要文件，立即就要，刻不容緩。他的小眼睛骨溜溜四下觀望，手指一個架子一個架子地尋找，始終對一位看不見的聽眾發表怨言，伴隨著一長串的爭論、反對、傷害與反駁。他決意今夜起床，帶一具明亮的手電筒下到地窖把那些挖掘者抓住，不管他們是誰。

8 伊札克・塔賓金（Yitzhak Tabenkin, 1888—1971），以色列政治家，猶太復國主義活動家，基布茲運動的創始人之一。

9 梅厄・亞阿里（Meir Ya'ari, 1897—1987），以色列政治家、教育家和社會活動家。

## 4

自從丹尼・弗朗科去世、奧絲娜特和伊法特相繼離家出國後，父女二人沒有了近親，也沒有朋友。鄰居很少看到他們家有訪客，他們和鄰居之間也沒什麼來往。佩薩赫・凱德姆那一代的人，要不就是已經過世，不然就是正在消失，但在這之前，他也沒有朋友或者跟隨者。正是塔賓金本人逐漸將其驅逐出政黨領導人的核心圈子。拉海爾學校的工作則是在學校就做完了。不管她在電話裡預訂什麼，維克多・愛茲拉雜貨店的年輕夥計都會幫她送來，把貨搬進屋裡，放到廚房門邊。除此之外，陌生人很少越過墓園柏樹籬旁那座魔屋的門檻。偶爾，村委會會派人來通知拉海爾，應該修剪一下恣意生長、擋住道路的樹籬；或是推銷員前來推銷價格不等的洗碗機或滾筒式烘乾機。（老人總是勃然大怒：烘乾機?!還電動的?!有什麼用？太陽退休了嗎？晾衣繩皈依宗教了嗎？）有時，某位鄰居，一位沉默寡言、身穿藍色工作服的農民前來敲門，詢問他們是否在院子裡看到他走丟的狗。（狗?!在我們家院子裡?!拉海爾的貓會把牠給撕了！）

後來，有個學生住進了丹尼．弗朗科儲藏工具和小雞孵化器的小房子，村民們開始會在樹籬附近停下來，狀似在嗅聞空氣，接著便急急忙忙趕路。

有時文學老師拉海爾和她前國會議員的父親，會被邀請去某位老師家裡參加酒會，慶祝學年結束，或者到村裡某位老住戶家裡聽客人演講。拉海爾會滿懷感激地接受邀請。她盡力前往，偶爾父親也會參加，但往往是在活動要開始的幾個小時前，老人突發肺氣腫，不然就是把假牙放錯了地方。有些時候，拉海爾會獨自去達莉雅和亞伯拉罕．列文夫妻家參加合唱晚會。這對夫妻都是老師，他們的孩子去世了，兩人住在山坡上。

老人尤其討厭村外來的三四位老師。這幾位老師住在租來的房子，週末則返回城裡的家。為了擺脫寂寞，他們當中不是這位就是那位會突然來找拉海爾，借書或還書，或是就某些教學或紀律問題向她請教，或者暗地裡追求她。佩薩赫．凱德姆憎惡這些不請自來的客人。他堅信他和女兒相依為命已經足夠了。他們並不渴望陌生人非必要的來訪，來訪動機值得懷疑，只有魔鬼知道他們的真正目的。在他看來，如今大家都為自己打算，更別說這些打算有些陰暗的考量。他甚至認為，不做任何算計就相互喜歡或談起戀愛的時代，已經成為遙遠的過去。他總是一遍又一遍地勸說女兒，所有的人，無一例外，都是別有用心的，只惦記著怎樣從別人的餐桌上獲取一些麵包屑。充滿幻滅的漫長人生使他懂得，別人來敲你的門，無非是為了獲取利益、好處和幫助。如今一切都要算計，這種算計通常很不光彩。「我跟你說，阿維吉莉，我覺得他們都可以幫我們個忙，待在他們自己家裡。他們把我們家當成什麼了？城市廣場？公共沙龍？學校教室？如此說來，你告訴我，我們為什麼需要你那個阿拉伯孩子？」

拉海爾糾正他：「我是拉海爾。不是阿維吉莉。」

老人立即啞口無言了。他為自己的錯誤感到羞愧，也許還為說過的一些話後悔。可是五分鐘或十分鐘後，他又笑著耍賴，像孩子一樣拉拉她的衣袖：「拉海爾，我有點痛。」

「哪裡痛？」

「脖子痛。也許是頭痛。肩膀痛。不，不是這兒痛，再往下一點。這裡。還有這裡。對。拉海爾，你按得特別好。」接著他又會靦腆地加一句：「孩子，我真的愛你。真的。非常非常愛。」

又過了一會兒，他說：

「對不起。我讓你擔心了。我們不會被夜晚的挖掘嚇到。不管怎樣，下次我會拿根鐵棒到地窖裡。我不會叫醒你。我已經夠麻煩你了。甚至以前也有一些同志在背後叫我討厭鬼。不過，關於你那個阿拉伯人，我想說——」

「佩薩赫，閉嘴！」

老人眨眨眼睛，按她說的閉上嘴巴，白鬍鬚抖動著。兩人就這樣坐在走廊桌旁。晚風和煦。她身穿牛仔褲和一件短袖上衣，他則是穿著用吊帶固定住的寬大土黃色褲子。一個頭戴破舊貝雷帽的駝背老頭，有點鷹鉤狀的纖細鼻子，凹陷的嘴唇，但有一口潔白、年輕、完美的假牙。當他少有地露出微笑時，那牙齒就像時裝模特兒的牙齒一樣亮晶晶的；當他的鬍鬚未因生氣而豎起時，那鬚毛看上去潔白柔軟，彷彿由棉花做成的；可要是播音員惹惱了他，他瘦骨嶙峋的拳頭會在桌上一捶，宣布說：

「笨蛋。那女人真是笨蛋！」

# 5

極偶然的情況下，學校同事、工友、班尼·阿弗尼或者獸醫米基會來拜訪拉海爾。老人如同蜂群炸窩一樣勃然大怒，兩片薄嘴唇抿得緊緊的，一副長老審訊人的架式。他迅速離開客廳，躲進他固定的觀察哨所——半敞開的廚房門後。在這裡，他止不住地嘆息，坐在上了油漆的綠色小凳子上等待客人消失。而此時，他正努力地聽拉海爾和獸醫說了些什麼，用力伸出他那滿是皺紋的脖子，猶如一隻烏龜使勁地去搆一片生菜葉，他會把頭擺成一個角度，以便他靈敏的耳朵離門縫更近一些。

「你究竟是從哪裡冒出這種想法？」拉海爾問獸醫。

「其實是你先開始的。」

拉海爾笑聲輕脆，猶如叮噹作響的玻璃酒杯。

「米基，正經點。不要玩文字遊戲了。你知道我是什麼意思。」

「你生氣時的樣子更好看。」

老人躲在暗處，詛咒這兩個人得到口蹄疫。

「你看這隻小貓咪，米基，」拉海爾說，「牠只有三個星期大，有時走路甚至邁不開腳，但牠會想辦法走下台階，最後竟然像個小毛球一樣滾下去，這模樣實在討人喜歡，就像個受難的小聖人，可是牠已經學會藏到墊子後頭，像叢林裡的老虎一樣盯著我看。牠會壓低身子，來回晃動，作勢猛撲出去。接下來，牠就真的撲出去了，可是老會算錯距離，倒在地上。再過一年，村裡的母貓誰都無法抗拒牠的魅力。」

獸醫冷冷地說：「我要在那之前把牠給閹了。這樣牠就不能迷住你了。」

老人在廚房門後咕噥著：「我也要把你給閹了。」

拉海爾為獸醫倒了杯冷水，給他拿了些水果和餅乾，而他仍舊以他隨性的方式和她開著玩笑。接著她協助他逮住需要打預防針的三四隻貓。他把其中一隻放進籠子裡，準備帶回自己的診所。等送回來時，牠已經做了結紮手術，並且包紮好傷口，再過個兩天，一切就都正常了。但這一切，得有個條件：拉海爾至少要跟他說句好聽的話。這對他來說，比金錢更重要。

「無賴！」老人在他的藏身處嘟囔著，「披著獸醫皮的狼。」

獸醫米基有一輛標緻的小卡車。老人堅持把那台車叫「斐濟」，就像斐濟群島的名字。米基把油膩膩的頭髮紮成一根馬尾，右耳戴了個耳環。這些都令前議員佩薩赫怒火中燒：「拉海爾，我已經警告你一千遍了，就為了那個惡棍，再說我就——」

拉海爾一如既往打斷了他的話：

「夠了，佩薩赫。他畢竟是你那個黨的成員。」

這些話惹得老人再次動怒：

「我哪個黨？我那個黨多年前就完了，阿維吉莉！他們先是出賣了我那個黨，而後又可恥地埋葬了我那個黨！罪有應得！」

他接著發表了一番義正詞嚴的長篇演說，攻擊他死去的同志、犯錯的同志，還有他帶雙引號的同志——「無望同志」和「無用同志」——這兩個叛徒，他們之所以與他為敵、迫害他，是因為他為了原則堅持到底，而他們在高山上綠樹下為了一碗紅豆湯出賣了原則。現在那些錯誤同志，還有整個政黨，就只剩下蛀蟲和腐敗了——老人最後借用的是比阿里克[10]的一個說法（儘管他對比阿里克心存積怨：在他生命的盡頭，比阿里克從一個憤怒的民族先知變成了某種外省紳士，接受了文化專員的位置，更糟糕的是黨屈居在梅厄．迪岑哥夫[11]之下）。

「現在我們回過頭來說說你那個討厭的小無賴。那頭肥胖的小牛！耳朵上戴耳環的小牛！那個牛皮大王！空話連篇！胡扯瞎說！就連你的小阿拉伯人也比那個畜生文雅百倍！」

拉海爾說：「佩薩赫。」

老人沉默下來，但是心中對那個米基，對他的大屁股，還有他穿的那件印著英文「來吧，寶貝兒，讓我們玩得開心」的T恤極感厭惡。他為可怕的時代傷感，這個時代未能給人在情感、寬容與憐憫等方面保留多少空間。

獸醫米基每年到墓園旁邊的人家探望兩三次，來看新出生的貓咪。他是喜歡用第三人稱稱呼自己並使用綽號的那種人：「因此我對自己說，米基該控制自己了，否則就運作不了了。」一顆斷了的門牙使他看上去像個危險的打鬥者。他走路懶散而輕快，如同猛獸。在他陰暗的灰眼睛裡有時閃爍著經過壓抑的放蕩火花。他說話時，偶爾會把手伸向身後，緩慢地移動一下卡在股溝裡的褲子後襠。

10比阿里克（Hayim Nahman Bialik, 1873—1934），第一位現代希伯來語民族詩人。

11梅厄·迪岑哥夫（Meir Dizengoff, 1861-1911），是個猶太復國主義的政治家，也是台拉維夫首任市長。

獸醫向拉海爾建議：「我也給住在你家狗窩的阿拉伯學生打個疫苗吧？」

儘管提了這個建議，他還是在學生工作完之後和他待了一下，有時還贏了他一盤西洋棋才離開。

關於住在拉海爾．弗朗科家的阿拉伯男孩，村子裡有種種流言。獸醫米基希望利用與他下棋的機會，探聽出蛛絲馬跡，看看究竟是怎麼回事。即使什麼也沒發現，他也可以告訴村裡人，阿拉伯人比拉海爾年輕個二十、二十五歲，簡直可以做她兒子了。他住在後花園的一間小屋裡，她給他配了一張書桌和一個書架——由此可知，他是個知識分子。獸醫其實也可以向村裡人說……該怎麼講呢？可以說，拉海爾和那個年輕人並非彼此漠不關心——沒錯，他沒看見他們牽手，或者諸如此類的事。可是，他看到年輕人拿她的衣服晾在屋後的曬衣繩上，甚至還幫忙晾她的內衣。

# 6

老人穿著背心和寬大的內褲，叉開雙腿站在廁所。他又忘了鎖門，又忘了在使用馬桶前先抬起座墊。現在他正靠在洗臉槽上，狂亂而使勁地搓洗著臉部、肩膀和脖子，像條濕答答的狗一樣把水濺得到處都是。他在噴湧的水流下發出鼻息聲和咳嗽聲，用力擠壓他的左鼻孔，以便清空右鼻孔裡的東西；接著他壓住右鼻孔，清空左鼻孔。他清清嗓子，咳了四五下，直至把胸腔裡的痰全部出清，吐到洗臉槽的一側。最後他用一條厚毛巾連續拍乾身上的水珠，再像擦拭一口煎鍋一樣抹著身子。

等到擦乾身子後，他穿上一件襯衫，扣錯了釦子，戴上他破舊的黑色貝雷帽，遲疑地在走廊裡站了一會兒。他的頭向前伸著，幾乎跟身體形成直角。他一聲不吭地咬咬舌頭。而後，他從一個房間走到另一個房間，走下地窖，尋找夜間挖掘的蛛絲馬跡，並咒罵著設法把夜晚行動的痕跡全部抹去的工人。也許他們在更深的地方，在地窖的地板下，在地基裡，甚至再下面的土層中挖掘。他從地窖走進廚房，又從廚房門出來走進院子，穿行在廢棄的小屋當中，氣呼呼地闊步走到院子盡頭。

回來後，他發現拉海爾正坐在走廊桌旁埋頭批改學生作業。他站在台階上對她說：「可另一方面，我非常討厭自己。你必須承認。你需要那個獸醫做什麼？一個討厭鬼對你來說還不夠嗎？」

接著他又傷心地加以補充，提到拉海爾時使用了第三人稱，彷彿她並不在場。「我偶爾需要一小塊巧克力，給我黑暗的生活帶來一些甜蜜，可是她把巧克力給藏了起來，好像我是個賊。她什麼也不懂。她以為我需要巧克力是因為我貪婪。錯！我需要它，是因為我的身體本身不能再製造出甜蜜了。我的血液和組織裡缺少糖分。她什麼都不懂！她如此殘酷。真是殘酷！」

他走到臥室門口停下腳步，轉身朝她嚷嚷：「這些貓只能帶來疾病！跳蚤！細菌！」

# 7

阿拉伯學生是拉海爾丈夫丹尼．弗朗科一位老朋友的兒子。丹尼是在他五十歲生日那天去世的。丹尼．弗朗科和阿迪勒父親之間是什麼性質的友誼？拉海爾並不清楚。阿迪勒沒說，或許他自己也說不清。

去年夏天的一個早晨，他出現在這裡。自我介紹了一番後，靦腆地詢問是否可以在他們這裡租一間房子。事實上，他不是真的要租，也不是要住到什麼房子，因為他根本付不起房租。兩年前，好男人丹尼向阿迪勒的父親提議，讓他的兒子住到自家院子一間小屋裡，因為農場已不再運作，小屋和旱廁都空在那裡。因此阿迪勒是來詢問兩年前的提議是否仍然有效。也就是說，目前是否有間小屋給他住。他願意做些事以作為回報，比如給院子除草，或者幫忙做些家務。事情是這樣的：他大學休學了一年，計畫寫一本書。沒錯，就是要比較猶太村莊和阿拉伯村莊的生活。至於要寫學術著作或長篇小說，他還沒有確定，因此他需要——對他來說很合適——在特里蘭村邊住上一段日子。他小時候曾和父親、姐妹到村裡拜訪好男人丹尼。他記得這個村子，記得它所有的葡萄園和果園，還有梅納什山區的風光。好男人丹尼邀請他們在這裡住了整整一天，也許拉海爾還記得那次拜訪？不記得了？她當然不記得，她當然沒有特別的理由該記住。可是他，阿迪勒，沒有忘記，永遠不會忘記。他一直希望有朝一日再回到特里蘭村，回到坐落在墓園柏樹旁的這座宅院。「這裡是如此寧靜，比我們那個村莊寧靜多了。我們的村子已經開發得不再像個村莊了，而是一個小鎮，到處是商店、加油站和灰塵瀰漫的停車場。」特里蘭如此漂亮，他做夢都想回來。它和平、靜謐，還有某種他無法界定，但肯定可以在他要寫的書中描繪出來的東西。他會描寫猶太村莊和阿拉伯村莊的不同：「你們的村莊源自一個夢想、一個計畫。我們的村莊不是來自什麼，而是始終就在那裡，但它們依然有某些相似之處。我們也有夢想。不，所有的比較總會有些錯誤。但問題是，我喜歡這裡。這並沒有錯。我也可以醃黃瓜，做果醬——當然，如果這裡需要這些東西的話。我還會粉刷房子，甚至會修補屋頂。要是正如你們猶太人所說，你們碰巧想恢復舊日時光、想擁有幾個蜂房的話，我還會養蜂。我不會吵鬧，也不會製造混亂。在空間的時間裡，我會準備考試，開始寫我的書。」

# 8

阿迪勒是個駝背男孩。他很靦腆，但愛說話，戴著一副對他來說有些過小的眼鏡。那眼鏡彷彿是他從某個孩子那裡交接來的，不然就是他從自己的孩提時代保留下來的。眼鏡由一根細繩固定，有可能模糊不清，於是他不停地用套在破牛仔褲外的汗衫衣角擦拭它。他的左半邊臉有個酒窩，給他平添了幾分羞怯和孩子氣。他只刮下巴和鬢角的鬍子；臉部的其他地方光溜溜的，沒長毛。而腳上的鞋子對他來說有些大，很不合腳，往往在灰塵覆蓋的院子裡留下了奇怪而嚇人的腳印。他澆灌院子裡的果樹時，鞋子會在泥土上踩出水坑。他咬指甲，雙手粗糙，紅通通的，好像凍壞了一樣。阿迪勒的相貌還算精緻，只是下嘴唇有些厚。抽煙時，他使勁兒地抽吸煙卷，雙頰塌陷，皮膚下的頭顱輪廓似乎瞬間就暴露了出來。

阿迪勒老是戴著一頂梵谷式草帽在院子裡行走，臉上掛著驚異與渴望的神情。他的肩膀上總會有一層頭皮屑。他抽煙時顯得心不在焉：點燃一根香煙，雙頰深陷，猛吸三四口，接著就在籬笆或窗台上把煙掐滅。他耳朵後總是別著一支備用煙。他煙抽得很凶，但一直帶有某種厭惡的神情，像是憎恨煙霧和煙草的味道，彷彿是別人在抽煙，把煙霧噴到了他的臉上。他和拉海爾的幾隻貓也發展了某種特殊的關係：他總是用阿拉伯語，以一種敬重的態度和牠們展開長談，並且會把聲音壓低，像是在跟牠們講述祕密。

前國會議員佩薩赫．凱德姆不喜歡這個學生。老人說：「他恨我們，卻把他的恨隱藏在諂媚之下。他們都恨我們。他們豈能不恨我們呢？我要是處在他們的位置，也會恨我們。實際上，即使不在他們的位置，我都恨我們了。相信我，拉海爾，你要是從旁觀者的角度來觀察我們，就可以看到我們只配得到憎恨和蔑視。也許還會得到一點同情，但是那同情不會來自阿拉伯人。阿拉伯人自己就需要世界上所有的同情。」

佩薩赫．凱德姆說：「只有魔鬼知道這個不是學生的學生來我們這裡幹嘛。我們怎麼知道他是不是真正的學生？你在收留他之前看過他的證明嗎？你讀過他的文章嗎？你對他進行過筆試或口試嗎？誰敢說他不是夜復一夜地在房子下面挖掘的那個人呢？他在尋找什麼？某種檔案，或者古老的證據，證明這產業歸他祖先所有？也許他來這裡就是圖謀提出某種回歸權，以鄂圖曼時期或十字軍東征時期居住在這兒的某位祖父或曾祖父之名，強烈索求土地和房屋的所有權。首先，他作為不請自來的客人住到了這裡，我們與他是房東與房客的關係。他卻在地基下挖掘，直至牆壁開始搖晃。接著他會索求某種權利，分配財產，即祖先的權利。直至我和你，拉海爾，突然發現我們流落街頭了。走廊裡蒼蠅又沒完沒了地飛，我屋子裡也有蒼蠅。阿維吉莉，是你那些貓招來的蒼蠅。無論如何，你的貓霸占了整座房子。你的貓，你的獸醫，還有你那野蠻的阿拉伯人。我們怎麼辦，拉海爾？我們是誰，請你告訴我好嗎？不說？那好，由我來告訴你，親愛的，我們是轉瞬即逝的影子。這就是我們。轉瞬即逝的影子，就像剛剛過去的昨天。」

拉海爾要他閉嘴。

可過了一會兒，她又心疼他，伸手從圍裙兜裡拿出兩塊裹在錫箔紙裡的巧克力。「拿著，爸爸。拿著。吃吧。只要能讓我休息一下。」

# 9

丹尼・弗朗科死於他的五十歲生日那天。他是個多愁善感的男人，很容易痛哭流涕。他在婚禮上哭泣，在村文化廳看電影時抽噎。他脖子上的皮肉打著褶垂下來，像火雞脖子。他在發希伯來語字母「瑞什」這個喉音時軟綿綿的，似乎帶有法國口音——雖然他基本上不懂法語。身材粗壯、肩寬背厚的他，卻有兩條十分瘦長的腿，整個人看上去就像兩根棍子支著一個衣櫃。他習慣與跟他說話的人擁抱，即使對方是陌生人也一樣。他會拍拍人家的肩膀、胸脯、肋骨之間、脖頸背；他也拍打自己的大腿，或者朝你的肚子深情地打上一拳。

要是有人誇他的小牛長得肥壯，稱讚他煎的雞蛋餅或者從他房間裡看到的美麗落日，他的眼睛就會立即濕潤，充滿了對讚美之詞的感激。

談論任何話題——無論是小牛肥育的未來、政府政策、女人的心，還是拖曳機的引擎——在滔滔不絕的話語之下，他總會噴湧出源源不斷、不需任何藉口或聯繫的喜悅。即使在他生命的最後一天，在他一頭栽倒在地、死於心臟病前的十分鐘左右，他還站在籬笆旁邊與約西·沙宣和阿里耶·蔡爾尼克聊天。他和拉海爾多數情況下處於一種停火狀態。夫妻一起生活多年後，衝突、傷害和小別已經教會雙方要小心舉步，為做上標記的雷區留下寬廣的迴旋餘地，這樣的停火狀態很常見。從外部看，這樣謹慎的日常生活近似於在漫長的壕塹戰中，在相距數碼、彼此對峙的軍隊之間形成的相互屈從，甚至給冷靜的同志情誼留下了空間。

從丹尼·弗朗科吃蘋果的樣子，就能看得出來：他會把蘋果在手裡轉一會兒，仔細觀察，直至找到準確的下口處；接著他會再次盯著受傷的蘋果，發動進攻，此次是在另外一個切入點。

他去世後，拉海爾不再經營農場。她關閉了雞舍，賣掉了小牛，把孵化室變成了貯藏室。拉海爾繼續澆灌丹尼·弗朗科在院子邊種植的蘋果樹、杏樹、兩棵被灰塵覆蓋的無花果樹、兩棵石榴樹和一棵橄欖樹。但是她不去修剪攀附在牆壁上的攀爬植物，這些栽種已久的植物覆蓋了屋頂，遮蔽了走廊。

廢棄的牲口棚和旱廁滿是雜物與灰塵。拉海爾賣掉了斜坡下土地的租賃權，賣掉了廢棄農場用水配額的租賃權，也賣掉了父母在寇里亞特提翁的家，把她難以駕馭的父親接進家門。在賣掉這些產業的過程中，她在一家生產藥品與健康食品的小公司，給自己購買了一套投資組合和不參與經營的合夥人身分，公司按月付她報酬。此外她還有在特里蘭擔任文學教師的收入。

## 10

丹尼死後，農場院子裡雜草叢生。阿迪勒儘管身體羸弱，肩膀單薄，卻承擔起了除草任務。他還主動提議照管前面小徑旁邊的一小塊菜田，修剪並澆灌難以控制的樹籬，料理房前的夾竹桃、玫瑰和天竺葵，清掃地窖，包攬了大部分家務，擦洗地板，晾曬，熨燙衣服，清洗碗碟。他甚至重新啟用了丹尼·弗朗科的小木工房：設法給電鋸上油，將其磨快，使它重新運作。拉海爾替他買了一把新夾鉗，換掉舊的，還買了一些原木、釘子、螺絲和木匠用膠。他抽空為她做了幾個架子和小凳子，逐漸更換了籬笆柱，甚至移開破舊的大門，裝上新門，把門漆成了綠色。那是裝有彈簧的輕型雙門，兩塊鉸鏈板在你身後來回晃動幾次再輕輕自動合攏，不是啪的一聲就關上。

在漫長的夏日夜晚，學生獨自一人坐在以前的孵化場，也就是他現今的小屋台階上抽煙，膝頭放著一本沒有打開的書。書上放著一個筆記本，他在上面寫著什麼。在小屋裡，拉海爾給他配了一個鐵床架和一張舊床墊，還有書桌、椅子、電熱鍋、小冰箱。阿迪勒在小冰箱裡放了些蔬菜、乳酪、雞蛋和牛奶。他在台階上一直坐到十點或十點半。昏黃的燈光下，他的黑腦袋周圍飄著一圈金色煙雲。他那年輕小夥子的汗味與木匠用膠那令人眩暈的強烈氣味混雜在一起。

有時他會在日落後坐在那裡，在暮靄中或月光下吹奏口琴。見此情景，走廊裡的老人嘟囔道：「他又在那裡用他東方式的哭訴來傾訴衷腸呢。也許是某支思念我們土地的歌。他們永遠也不會放棄。」

阿迪勒只會五六支曲子，但他總是樂此不疲地反覆吹奏。有時他會停止吹奏，紋絲不動地坐在最高一層的台階上，倚靠在小屋的一側，陷入沉思，或者打盹。在大約十一點左右，他才會起身走進屋裡。直到拉海爾和她父親關掉床頭燈睡覺，他床上方的燈才會熄滅。

「凌晨兩點，挖掘的聲音又響起了，」老人說，「我出去看一看小阿拉伯人的燈光是否還亮著。看不到燈光。他可能關燈睡覺了，但也可能關燈去挖我們的地基。」

阿迪勒自己做飯：黑麵包夾番茄片、橄欖、黃瓜、洋蔥和青椒，再加幾片鹹乳酪或沙丁魚，還煮雞蛋，用大蒜和番茄醬燒葫蘆或茄子，還有他喜歡的飲料。飲料是他用一只煙熏火燎的錫皮壺釀製的：用開水和蜂蜜，加上些鼠尾草葉、丁香或玫瑰花瓣調味。

拉海爾不只一次地從走廊觀察他。只見他在平時坐的那級台階上，背靠小屋一側坐著，膝蓋上放著筆記本，寫寫，停停，想想，再寫幾個字，再次停下，思考，再寫下一兩行，便起身繞著院子慢慢踱步，把一個灑水器關上，餵貓，或者給鴿子撒下一把玉米粒。他還在院邊蓋了個鴿房。最後他又坐回台階上，一支接一支地吹奏那五六支曲子。他的口琴發出令人心碎、滿蘊憂傷的悠長曲調。接著他用汗衫下襬仔細地擦拭口琴，再把它塞進胸前的衣兜裡，然後又低頭去看筆記本。

拉海爾．弗朗科晚上也寫東西。每週三四次，她會和老父親面對面坐在走廊上鋪著印花塑膠布的桌子旁。而那個夏天，他們幾乎每天如此。老人不停地說話，而拉海爾經常噘起嘴唇，寫下他口中的回憶。

# 11

「關於伊札克・塔賓金，」佩薩赫・凱德姆說，「你最好什麼也不要問我。」（她並沒有問。）「塔賓金上了年紀之後，決定把自己偽裝成一個哈西德派拉比[12]：他把鬍子留長到膝蓋，開始頒布拉比行為規範。但關於他，我一個字都不想說，無論好壞我都不說。他是個大狂人，相信我，也是教條主義者。一個冷酷、專橫的人，甚至虐待他的老婆、孩子多年。可他與我何干呢？我對他沒什麼可說的。即使你打我一頓，你也不會從我這裡聽到關於塔賓金的半個『不』字。也聽不到半個『好』字。請記下：佩薩赫・凱德姆對於他和塔賓金在一九五二年的大分裂選擇保持沉默。你記下來了嗎？一字不漏？然後加上：從倫理角度說，錫安工人運動[13]比青年

12 哈西德派指十八世紀出現在東歐的正統派猶太教派的一個分支。在猶太教中，拉比指教授《托拉》（《摩西五經》）的人。

13 錫安工人運動，二十世紀初期開始於俄國的猶太復國主義——馬克思主義工人運動，而後在美國、英國、加拿大、巴勒斯坦等地發展蔓延。

勞動者[14]至少低兩三個層次。不。請你把它刪了。請你再寫上：佩薩赫・凱德姆不再找任何理由介入錫安工人運動組織與青年勞動者組織的論爭。一切都過去了，已經解決了。歷史證明他們都錯了，向所有既非狂熱者也非教條主義者的人證明，在那場論爭中，他們究竟錯得有多離譜，而我是多麼正確。我說這話帶著應有的謙虛，完全客觀：我是對的，他們都犯了錯誤。不，刪去『犯了錯誤』。寫上『違法亂紀』。他們氣勢洶洶、毫無根據地指控我，各種惡語相向，在違法亂紀之上又加上了邪惡。但是歷史本身客觀、現實的發展證明他們怎樣錯待了我。最厲害的違法亂紀之徒乃為塔賓金的爪牙——『無望先生』和『無用先生』。句號。事過境遷，我年輕時喜歡他們兩位。在塔賓金先生成為拉比之前，我甚至也喜歡過他。他們也有些喜歡我。我們夢想著改進自己，夢想著改進整個世界。我們喜歡山丘和幽谷，甚至也有些喜歡荒野。我們說到哪兒了，拉海爾？我們怎麼說到這裡了？在這之前我們在說什麼？」

「我想是塔賓金的鬍子。」

她給他倒了杯可口可樂。他最近特別愛喝可樂，用它代替茶水和檸檬汁。只是他堅持把可樂叫作「可口可口」。無論女兒怎麼說，他就是改不過來。他在說錫安工人運動與青年勞動者兩個組織的名稱，甚至說他自己的名字時，帶有明顯的意第緒語口音。他堅持把可樂放上一會兒，等泡沫消失後，才把杯子舉向乾裂的嘴唇。

「你那個學生怎麼樣？」老人突然問，「你覺得呢？他是反猶主義者，對吧？」

「你為什麼這麼說？他對你怎麼了？」

「沒怎麼。他只是不怎麼喜歡我們。就是這樣。他幹嘛要喜歡我們呢？」

過了一會兒，他又說：

「我自己也不怎麼喜歡我們。沒有任何理由。」

「佩薩赫，冷靜點。阿迪勒住在這裡幫我們做事。就是這樣。他用勞動換取在這裡居住的權利。」

「錯！」老人咆哮道，「他不是幫我們做事，他是在代替我們做事！所以他夜裡在房子下面挖掘，在地基或者地窖裡挖掘。」

他又說：

「請把這話刪了。什麼都別寫。我說阿拉伯人的壞話，還有說塔賓金的壞話都別

---

14 一九〇五到一九三〇年活躍在巴勒斯坦的猶太復國主義組織。

寫。在他人生的最後歲月，塔賓金完全老糊塗了。順便說一句，」他補充道，「就連他的名字也是錯的。只有傻瓜才會被塔賓金這個名字弄得神魂顛倒，塔—賓—金——三個無產階級鐵拳砸下去！就像夏—利亞—賓！就像布林—加—寧元帥！但實際上，他原來的名字只是塔伊賓金德，伊奇拉．塔伊賓金德。聽上去就像信鴿之子！但那個小小的信鴿之子卻想成為莫洛托夫！想成為史達林！想成為希伯來語的列寧。不，我根本就不在乎他。我一個字都不說他，不管好壞。一個字也不說。阿維吉莉，記下來：佩薩赫．凱德姆對有關塔賓金的話題總是保持沉默。對牛彈琴。」

蠓蟲、飛蛾、蚊子和盲蛛在走廊電燈周圍活動。遠處，從山丘、果園和葡萄園方向傳來一隻絕望的胡狼嚎叫聲。對面阿迪勒的小屋前亮著一盞昏黃的燈。阿迪勒慢慢從台階上站起身，伸伸懶腰，用布擦擦他的口琴，深吸了幾口氣，似乎正努力將整個夜空吸進他狹窄的胸膛。他走進屋子。蟋蟀、青蛙和灑水器唧唧呱呱作響，似乎在回應遠方的胡狼，又與附近黑沉沉的河谷方向傳來的胡狼合唱交織在一起。

拉海爾說：「很晚了。我們也許該打住了。進屋吧？」

父親說：「他在我們的房子下頭挖洞呢，因為他不喜歡我們。他幹嘛要喜歡呢？為什麼？為我們所有的惡行？為我們的殘酷和狂妄？還為我們的偽善？」

「誰不喜歡我們？」
「他，那個非猶太人。」
「爸爸，夠了。他有名字。請說他的名字。你在談論他時，自己就像個反猶主義者。」
「最後的反猶主義者還沒出生呢。永遠不會終結。」
「上床睡覺吧，佩薩赫。」
「我也不喜歡他。一點都不喜歡。我不喜歡他們對我們所做的一切，也不喜歡他們對自己所做的一切。我當然不喜歡他們要對我們做的事，也不喜歡他們看待我們的那種方式，那種饑餓的、嘲笑的方式。他看你的時候目光透著饑餓，看我時帶著蔑視。」
「晚安。我睡覺去了。」
「我不喜歡他又怎麼啦？不管怎樣，誰都不喜歡誰。」
「晚安。睡前別忘了吃藥。」
「很久很久以前，人們之間或許多多少少有些愛。並非所有的人。不是很多人。不是永遠這樣。只是多多少少相互之間有點愛。可現在呢？這些日子？現在人心已死。都結束了。」

「有蚊子，爸爸。請把門關上吧。」

「為什麼人心已死？也許你知道？你不知道嗎？」

## *12*

夜晚，兩點或兩點半，老人再次被敲擊聲、抓扒聲和挖掘聲驚醒。他從床上爬起來（他睡覺時總是穿著長內衣），去摸他特地準備的手電筒以及他在某個小屋裡找到的鐵棍，就像個瞎眼乞丐，雙腳在黑暗中摸索他的拖鞋。絕望地放棄這一切後，他赤著腳輕輕來到走廊，用一隻顫抖的手撫摸牆壁和家具，腦袋以特有的直角向前伸著。最後他找到了地窖的門，往自己這邊拉，但是地窖門其實要往裡推才可以打開，而不是拉。鐵棍從他的手中滑落，掉在他的腳上，又落到地上。那沉悶的金屬鏗鏘聲響雖然沒有吵醒拉海爾，但確實壓住了挖掘聲。

老人打開手電筒開關，哼了幾聲，彎腰撿起鐵棍。他那彎曲的身體在走廊的牆壁上、地板上和廚房門上投下三四個扭曲的身影。

他在那裡站了一會兒，手臂下夾著鐵棍，一隻手拿著手電筒，另一隻手用力拉地窖門，努力地去聽，但是一切陷於沉寂，只有斷斷續續傳來的蟬和青蛙的叫聲。他重新考慮了一下，決定回到床上去，第二天夜裡再試試看。

黎明之際，他再度醒來，坐在床上，但是他沒有伸手去拿手電筒和鐵棍，因為此時黑夜寂靜無聲。佩薩赫・凱德姆在床上坐了一會兒，凝神傾聽那一片寧靜。就連蟬也停止了叫聲。只有輕風吹拂墓園邊上的柏樹梢發出的聲音，微弱到他幾乎無法聽見。他蜷起身子再次睡著了。

## 13

第二天早晨出門去學校之前，拉海爾走到屋外，從晾衣繩上取下老人的褲子。

阿迪勒正在鴿房旁邊等她。他戴著一副對他來說有些太小的眼鏡和梵谷式的草帽，臉頰上掛著靦腆的微笑，露出個酒窩。

「拉海爾，抱歉，耽擱一下時間。」

「早安，阿迪勒。今天別忘了把路邊那塊變形的鋪路石修好。會絆到人的。」

「好的，拉海爾。但我想問你夜裡發生了什麼事？」

「夜裡？夜裡怎麼啦？」

「我想你也許知道。夜裡有人在院子裡做事嗎？」

「做事？夜裡？」

「你什麼也沒聽到嗎？夜裡兩點鐘的聲響？挖掘聲？你一定睡得很沉。」

「什麼聲響？」

「地底下的聲響，拉海爾。」

「你在做夢吧，阿迪勒？誰會深更半夜來你屋底下挖掘？」

「我不知道。我想你也許會知道。」

「你在做夢吧。記得今天把石板修好，在佩薩赫沒被絆倒之前。」

「我在想，也許是你父親夜裡在院子裡遛達？也許他睡不著覺？也許他下了床，拿把鐵鍬，開始挖掘？」

「別胡說八道，阿迪勒。沒有人在挖掘。你是在做夢。」

她拿著從晾衣繩上取下的衣服往屋裡走。那個學生原地站了一會兒，望著她的背影。他摘下眼鏡，用汗衫衣角擦了擦。接著他穿著笨重的大鞋走向柏樹，來到拉海爾養的一隻貓前，彎下腰身，用阿拉伯語滿懷敬意地跟牠說了幾句話，好像現在他們兩個肩負著某種新的、嚴肅的責任。

## 14

學年已經接近尾聲。夏天越來越熱。正午時分，蒼白的藍光變成耀眼的白光，懸浮在屋子上方，壓迫著花園、果園、熾熱的鐵皮小屋以及關得密不透風的木質百葉窗。小山那邊吹來乾熱的風。村民們白天待在屋裡，只有黃昏時分才出門來到走廊或露台上。晚上潮濕悶熱，拉海爾和她的父親睡覺時不得不敞開窗子和百葉窗。

夜晚，遠方的犬吠引得窪地那邊的一群胡狼哀嚎。山那邊傳來隱隱約約的槍聲。蟬和青蛙齊鳴，令晚的空氣益加沉悶與單調。午夜時分，阿迪勒出門關掉了灑水器。由於熱得睡不著，他摸黑坐在台階上抽了幾口煙。

有時拉海爾對父親，對房子和院子，對令人沮喪的村莊，對自己把生命耗費在無精打采的學生身上、耗費在沒完沒了提要求的父親身上的生存方式充滿憤怒，她失去了耐心。她還要困在這裡多久？有朝一日，她會起身離去，雇人照顧父親，留下學生照顧院子和房子。她可以回到大學，最終完成論伊茲哈爾與卡哈娜—卡蒙創作中的闡釋與啟示瞬間的論文。她可以和老朋友恢復聯繫，到外地旅行，可以去看在布魯塞爾的奧絲娜特、在美國的伊法特。她可以讓自己的人生整個改觀。但有時她會胡思亂想，想到老人可能淪為某些家庭悲劇（如摔跤、觸電、煤氣中毒）的受害者，就會驚魂不定。

每天晚上，拉海爾·弗朗科與前議員佩薩赫·凱德姆都會坐在走廊上，那裡裝有一台帶延長線的電風扇。拉海爾忙著批改作業，而老人匆匆翻閱一些雜誌和小冊子，來來回回翻著紙頁，嘟嘟囔囔，怨聲載道，信誓旦旦，詛咒那些頭腦發熱的人和傻瓜笨蛋，不然就是滿懷自我憎恨，稱自己為殘酷的暴君，打定主意要取得獸醫米基的諒解：我為什麼要嘲弄他？我上星期為什麼要把他從家裡趕出去？畢竟，他至少是憑良心工作。我自己也可以當一名獸醫，而不是黨棍，那樣一來我就可以給世界帶來一些好處，設法減少一下周圍的痛苦。

有時老人張著嘴打瞌睡，白鬍鬚因為打呼而微微抖動，彷彿被賦予了祕密的生命。拉海爾批改完作業，會拿起一個棕色的筆記本記下她父親講述的主要幫派與B組之間的爭鬥，或者記下他描述的他在大分裂中所處的位置，他有多麼正確，各種假先知是多麼錯誤，要是兩方都聽他的話，結果會有多麼的不同。

他們沒有討論夜裡的挖掘聲。老人已打定主意要抓住那個雙手沾滿鮮血的邪惡傢伙，而拉海爾卻對困擾父親與阿迪勒的夜晚做出了進一步的解釋：前者是半個聾子，聽到的只是自己腦子裡的噪音；而後者是個緊張兮兮，甚至有點神經質的年輕人，擁有極度發達的想像力。拉海爾想，可能是後半夜從某個鄰居家傳來的隱隱約約的聲音。或許他們在擠牛奶，擠奶器的聲音與乳牛經過時人們開關鐵門的聲音混在一起，在這備受壓抑的夏夜，那聲音聽起來就像有人在挖掘。也許他們在睡覺時聽到了屋子底下陳舊的排水管發出的聲音。

一天早晨，阿迪勒正在拉海爾臥室裡熨衣服，老人突然朝他撲了過去，腦袋朝前形成一個直角，就像一頭積蓄力量的公牛。他開始審問他：

「所以說，你是個學生，對吧？你究竟是個什麼樣的學生？」

阿迪勒回答：「我是學藝術的學生。」

「藝術，什麼樣的藝術？胡說八道的藝術？欺騙的藝術？黑暗的藝術？如果你真是一位學藝術的學生，不介意的話就告訴我：你在這裡幹什麼，怎麼不去上大學？」

「我休學了一段時間。我正打算寫一本關於你們的書。」

「關於我們？」

「關於你們，也關於我們。做比較。」

「比較，什麼類型的比較？通過比較說明我們是掠奪者，你們是被掠奪者？展示我們的醜惡嘴臉？」

「不完全是醜惡。也許比較不幸。」

「那你的嘴臉呢？不是也不幸嗎？算漂亮嗎？不會受到譴責？神聖而純淨的嘴臉？」

「我們也不幸。」

「那我們之間沒什麼區別嘍？如果沒有區別，那你坐在這裡寫什麼比較呢？」

「有一些區別。」

「什麼區別？」

阿迪勒熟練地把正在熨燙的罩衣疊好，小心地放在床上，又往熨衣板上放了另一件衣服，用瓶子往上面灑了些水，開始熨燙起來。

「我們的不幸一部分源於我們的錯，一部分源於你們的錯。但是你們的不幸源自你們的靈魂。」

「我們的靈魂？」

「或者源自你們的內心。很難說清楚。源自你們自己。來自內部。不幸。來自你們的內心深處。」

「請告訴我，阿迪勒同志，阿拉伯人是從什麼時候開始吹口琴的？」

「我的一位朋友教我的。一個俄國朋友。是個女孩子送給我的禮物。」

「你為什麼總是吹憂傷的曲調？你在這裡痛苦嗎？」

「是這樣：你無論什麼時候吹口琴，從遠處聽，總是很憂傷。就像你，從遠處看，也非常憂傷。」

「那從近處看呢？」

「從近處看，你就像個憤怒的人。請原諒，我已經熨完了衣服，現在要去餵鴿子了。」

「阿迪勒先生。」

「什麼事？」

「請告訴我，你為什麼夜裡在地窖下面挖掘？就是你，對吧？你想在那裡找什麼？」

「什麼？你夜裡也聽到那聲響了？拉海爾怎麼聽不到呢？她沒聽到那聲音，認為沒這回事。她也不相信你嗎？」

## 15

拉海爾既不相信父親的夜間想像，也不相信阿迪勒的夢。他們聽到的也許是某位鄰居家的農場傳來的擠牛奶聲音，或是部隊夜晚在山坡的農田裡進行調動。他們在想像中把這些聲音轉化成了挖掘聲。然而，她決定某天夜裡不睡覺挨到黎明時分，用自己的耳朵傾聽。

與此同時，學期將近尾聲。高年級的學生忙於焦慮不安的複習考試。中年級的學生紀律益加鬆散：學生上課遲到，有些還找各種藉口缺席。就拉海爾而言，一些班級出席率不佳，秩序混亂，她自己在教最後幾堂課時也頗為消沉。有那麼幾次，她讓學生提前十五分鐘下課，早早地把他們送去操場。有那麼一兩次，她應特殊要求，同意把授課改為根據學生提出的問題做自由討論。

星期六，村子裡的窄巷到處是觀光客的車輛。他們把車停在籬笆之間，擋住了進門的入口。一群群四處尋覓便宜貨的人蜂擁走向自製乳酪的貨攤，香料店和精品葡萄酒作坊，出售印度家具、緬甸和巴格達裝飾品的場院，專賣東方小毛毯和地毯的小店，以及藝術畫廊。村裡一些農業活動逐漸被拋棄，但有些農場仍然在續肥小牛，孵化小雞，或在大棚裡種植室內盆栽植物，山坡上依舊覆蓋著葡萄藤和果樹。

每當拉海爾輕盈地走在通向學校的路上或回家時，人們都看著她，為她置身於年邁的議員父親與阿拉伯青年之間的奇怪生活方式感到驚訝。其他農場也雇用工人——泰國人、羅馬尼亞人、阿拉伯人和中國人——可是拉海爾·弗朗科的農場裡什麼也不種，任何裝飾品或藝術品也不做，那麼她為什麼需要這個阿拉伯工人呢？還是個知識分子？是大學生？獸醫米基和阿拉伯工人下過西洋棋，說他會不會是某一種學生？或者書蟲？

有人說這，有人說那。獸醫本人聲稱他親眼看見阿拉伯男孩熨燙並疊好她的內衣，這個男孩不僅可以在院子裡隨意走動，實際上還可以在房間裡走動，就像家庭成員。老人和他談論勞工運動中的分裂；阿拉伯人和所有的小貓聊天，翻修屋頂，每天晚上表演口琴獨奏。

村民們深情地回憶起在五十歲生日時死於心臟病的丹尼．弗朗科。他體格粗壯，肩膀寬闊，但兩條腿卻像火柴棒。他是個心地善良的男人，對別人滿懷深情，而且不會為此不好意思。在去世的那天早晨，他哭了，因為農場裡的一頭小牛快要死了，也可能因為一隻貓產下了兩隻夭折的小貓。中午他的心臟不行了，仰面癱倒在肥料庫外。拉海爾在那裡找到他時，他臉上露出吃驚的憤怒，好像他在部隊訓練期間沒來由地被趕出某堂課程。剛開始，拉海爾沒弄清楚他為什麼大中午躺在小屋旁邊的地上打瞌睡。她朝他大喊：「丹尼，你怎麼啦？快起來，別像個小孩子一樣。」直到抓住他的雙手想拉他起來時，她才意識到他雙手冰涼。她彎下腰身，幫她做嘴對嘴人工呼吸，甚至打他嘴巴。隨後她衝進屋裡，打電話到村衛生所找吉莉·斯提納醫生。她聲音顫抖，兩眼冒火，十分後悔無緣無故地打他嘴巴。

## 16

那是個悶熱潮濕的夜晚。花園裡的樹木籠罩在潮濕的霧氣中，就連星星也似乎被淹沒在骯髒的棉絮裡。拉海爾·弗朗科和她的老父親坐在走廊上。她正在看一本描寫台拉維夫某區居民的長篇小說。老人把他黑色的軍事貝雷帽拉到了前額，寬大的土黃色褲子用背帶固定住；他一邊翻閱著《國土報》增刊，一邊憤怒地大發議論。「可憐的人，」他咕噥道，「他們確實運氣不好，孤獨到骨子裡了。他們在母親的子宮裡就被拋棄了，沒人可以容忍他們。大家形同陌路。就連天上的星星也彼此形同異客。」

三十碼開外，阿迪勒坐在小屋最高的台階上，一邊抽煙，一邊平靜地修理一把彈簧鬆弛的剪枝剪刀。兩隻小貓臥在走廊低矮的擋牆上，有點像在發情期。從朦朧的夜晚深處傳來灑水器裡的咕咕水聲，還有蟋蟀刺耳的長鳴。一隻夜鳥不時發出厲聲的尖叫。在遙遠的農家場院，犬聲陣陣，聲音有時化作令人心碎的哀嚎，偶爾呼應著山坡果園那邊一隻孤獨的胡狼的悲鳴。拉海爾從書上抬起眼，與其說對父親，不如說是對自己說：

「我有時忽然不知道自己究竟在這裡做什麼。」

老人說：「當然。我知道我是你的負擔。」

「我不是說你，佩薩赫。我是說我自己的生活。你幹嘛立刻就把事情往自己身上攬呢？」

「那麼請你去吧，去吧，」老人咯咯笑著，「去給你自己尋找新生活吧。我和小阿拉伯人待在這裡照管花園和房子，直到房子坍塌。它在我們頭頂上突然坍塌的時日已經不遠了。」

「坍塌？直到什麼坍塌？」

「房子。那些挖掘者正在下面挖通道呢。」

「沒有人挖掘。我去給你買些耳塞，這樣你夜裡就不會醒了。」

阿迪勒放下剪枝剪刀，掐滅煙頭，拿出口琴，吹了幾個踟躕的音符，好像無法決定要吹哪支曲子，或者是在模仿從果園方向傳來的一隻胡狼的絕望哀嚎。胡狼真的像是從黑暗中予以回應。一架飛機在村莊上空高高地飛翔，尾燈一閃一閃的。令人窒息的空氣潮濕，悶熱，稠密，幾乎凝固了。

老人說：「優美的旋律，令人心碎。讓人想起人與人之間依然有些短暫情感的日子。如今吹奏那樣的曲調已沒有意義，不合時宜了，因為再也沒有人關心這些了。一切都結束了。現在我們的心被阻隔，一切的感情都已死掉。除了帶有個人興趣的動機之外，無人歸附他人。還剩下什麼？也許只有這憂鬱的曲調善意地提醒我們經歷了心靈的毀滅。」

拉海爾倒了三杯檸檬汽水，叫阿迪勒過來和他們一起坐在走廊裡。老人想要可口可樂，但這回沒有堅持。阿迪勒走過來，坐在一旁的低矮石牆，他那副小男孩眼鏡掛在繞著脖子的細繩上。拉海爾請他為他們吹奏。阿迪勒猶豫了一下，選了一首俄羅斯曲子，充滿了渴望與憂傷。他在海法大學的朋友教會了他這些俄羅斯曲子。老人不再咕噥，將他動作遲緩的脖子伸成直角，像在盡量把他那隻好耳朵靠近音樂吹來的地方。接著他嘆了口氣說：

「見鬼去吧。真遺憾。」

可是這次他沒有解釋遺憾什麼。

十一點十分，拉海爾說她覺得累了，問了問阿迪勒第二天要解決的一些問題：關於鋸掉樹枝或漆長凳的事。阿迪勒聲音溫柔地答應下來，問了她兩個問題。拉海爾一一作答。老人摺疊他的報紙：兩摺，四摺，八摺，直至摺成一個小方塊。拉海爾站在那裡收拾裝水果和餅乾的盤子，但留下了杯子和水瓶。她告訴父親別睡得太晚，提醒阿迪勒離開時把燈關掉。接著她向兩人道過晚安，跨過睡著的兩隻貓，進屋去了。老人點了幾次頭，在她身後朝著夜空而不是阿迪勒，小聲地嘟囔：

「啊，沒錯。她需要改變。我們把她搞得筋疲力盡了。」

## 17

拉海爾走進她的臥室，先是打開頂燈，然後打開床頭燈。她在敞開的窗前站立片刻。夜晚的空氣又熱又悶。星星四周飄著一團團煙霧。蟋蟀扯著嗓子大叫。灑水器唰唰作響。她聽到山上胡狼們的叫聲，還有院子裡狗的狂吠回應。她轉身背對窗子，沒有關窗，直接脫下衣裙，抓抓癢。脫光衣服後，穿上短襬的印花棉質睡衣，她給自己倒了一杯水，喝了幾口，然後去上廁所，回來時在床邊站了一會兒。她可以聽見老人在走廊上氣沖沖地跟阿迪勒說話，阿迪勒則聲音溫柔，簡短地回應。她無法聽清楚他們說的話。她不知道老人此次想從年輕人那裡得到什麼，也不知道年輕人為什麼要留在這裡。

一隻蚊子在她耳邊嗡嗡叫。還有一隻飛蛾在她的床頭燈旁來回撲閃，撞到了燈泡上。她突然為自己傷心起來，為了在漫無目的、無意義中悠悠而逝的歲月傷心。學年就要結束了，繼之將是夏日，再繼之則是另一年的開始，與正在結束的這一年毫無二致。又是批改作業，又是員工會議，又是獸醫米基。

拉海爾打開電風扇，鑽到被單下面，可她不覺得累，相反地，她覺得非常清醒。她從床頭桌上的瓶子裡倒了一些水，喝了下去，不安地轉身，把一個枕頭夾在雙腿中間，又翻了個身。一聲微弱、幾乎聽不到的摩擦聲使她坐起身來。她扭開旁邊的床頭燈。現在除了蟋蟀、青蛙、灑水器和遠方的狗叫，她聽不到任何聲響。她把燈關了，掀開被單，平躺在床上。接著又有什麼東西開始摩擦了，像是釘子刮擦地磚的聲音。

拉海爾開燈下床。她檢查了百葉窗，但百葉窗是開著的，固定得緊緊實實。她又檢查了窗簾，以防聲音是從那裡傳出來的，還檢查了廁所門，但是沒有風。連微風也沒有。她在椅子上坐了一會兒，但是什麼聲音也聽不到。可等她回到床上，蓋上被單，關掉電燈，摩擦聲即刻又響起。房間裡有老鼠嗎？難以想像，因為房間裡群貓橫行。此刻，她想像著有人用利器在她床下抓扒地板。她一動也不動，屏住呼吸，仔細去聽：現在抓扒聲中穿插著微弱的敲擊或拍打聲。她再次扭開床頭燈，整個人趴在地上往床下看：那裡什麼也沒有，只有厚厚的灰塵和紙屑。拉海爾沒有回到床上，而是打開屋頂燈，警覺地站在房間中央。現在，即使開著燈，她也可以聽見摩擦聲和抓扒聲。她認定有人，也許是阿迪勒，也許更像她家那個可怕的老人，正站在她的窗外，故意抓搔著牆面，輕輕地敲牆。這兩人的神志都不怎麼正常。她從衣櫃旁邊的架子上拿起手電筒，準備到房子後面走一趟。也許應該下到地窖裡？

首先，她到外面走廊查看他們之中哪個沒有坐在那裡，就知道誰可疑了。可是走廊漆黑一片，老人的窗子也是黑的。阿迪勒的小屋也是黑的。拉海爾穿著拖鞋和睡衣，從走廊來到房子旁邊，在支撐房子的柱子之間彎下腰，用手電筒照著腳下。手電筒照亮了布滿灰塵的蜘蛛網，驚動了一隻昆蟲，牠急忙逃到黑暗深處。她又挺起腰站在那裡，夜色深沉，四周沉寂。她家院子與墓園之間的一排排柏樹紋絲不動，就連蟋蟀與狗也在片刻間陷於靜默。黑暗濃重而壓抑，熱氣沉重地籠罩著一切。拉海爾．弗朗科獨自站在暗淡星光下的黑暗中，顫抖不已。

# 迷失

# 1

昨天，我接到愛勒達德．魯賓的遺孀芭提雅．魯賓打來的電話。她沒說任何客套話，直接要求和房地產經紀人約西．沙宣說話。我回答說：「很樂意為您服務，女士。」她說：「我們來談談吧。」

我對於坐落在塔爾派特（一九二九）大街上魯賓家的老宅覬覦已久。這房子位於拓荒者花園之後，我們稱它「廢墟」。它是一座老宅，建於一百多年前，才剛有這個村莊不久的時候。兩旁其他一些老舊住宅，如「維林斯基」和「施姆艾利」，如今都已被拆掉，取而代之的是幾幢樓房別墅。這些別墅環繞在修整完好的花園中，其中一個花園甚至還有景觀池塘，搭配人工瀑布、金魚池和噴泉。坐落其間的「廢墟」，便猶如一排潔白牙齒上的一顆黑牙。那是一座布局凌亂的大宅，有各種側翼與延伸部分。房子由沙石建成，多數牆面已經剝落。它離群索居，遠離公路，背對著世界，被一個布滿荊棘與生鏽雜物的院落所環繞。院中央是一口封死的水井。水井上是一個已經腐蝕的手泵。百葉窗終日緊閉。老宅的大門與主屋之間的石板小徑上，恣意生長著牽牛花、含羞草、茅草；偶爾可見兩旁晾衣繩上掛著幾件上衣和一些內衣，這是唯一的生命跡象。

許多年來，我們特里蘭擁有一位知名作家——愛勒達德．魯賓。他是個坐在輪椅上的殘疾人士，寫的是大屠殺小說。他在特里蘭度過了一生，只有五〇年代末期在巴黎讀過幾年書。他出生在塔爾派特街上的這座老宅，在這裡寫下他所有的作品，也是在這裡，大概十年前離開了人世，享年五十九歲。自從他去世後，我一直希望把房子買下來，轉手再賣掉，任人拆毀並重造一所住宅。實際上，有那麼一兩次，我嘗試閱讀愛勒達德．魯賓的作品，可是我不喜歡。他書中描寫的一切是那麼沉重、憂鬱，情節進展緩慢，人物境況悲慘。多數情況下我只看報紙經濟增刊、政治書籍與偵探小說。

目前是兩個女人住在廢墟裡。到現在為止，不管出什麼價錢，她們都不肯賣掉房子。這兩個女人是作家九十五歲的母親羅薩，還有他的遺孀（一定有六十多歲了）。我試著給她們打過幾次電話，接電話的總是遺孀芭提雅。我在談話一開始，總是表達我對死去的作家及其作品的欽佩，全村值得為此驕傲。繼之我暗示房產行業的不景氣，說保留老宅已毫無意義。最後我會禮貌地提出能否登門簡要商量一下今後種種。每次電話會談均以芭提雅謝謝我對房子感興趣，但我還不是她們的經紀人，因此沒必要前去拜訪作結。

直到昨天，她才主動打電話說我們該談談了。我立刻打定主意，不帶任何買主去見她，而是自己把「廢墟」買下，而後把它拆毀，賣地皮賺的錢會超出買房的錢。我小時候進過老宅一次。我母親是個護理師，她有一次出診給作家愛勒達德·魯賓打針時，帶我一起去。我那時候大概九歲或十歲。我記得那裡有個放置東方情調家具的寬敞客廳，客廳有許多通向旁邊房間的門，還有好像通往地窖的台階。家具顯得沉重而暗淡。書架沿著兩面牆壁從頭排到尾；有一面牆壁上用彩色圖釘釘滿了地圖。桌上一個花瓶裡放著一束薊草。那裡還有帶著鍍金鐘擺的落地大座鐘滴答作響。

作家坐在扶手椅裡，膝上蓋了一條格呢毛毯，一頭灰色長髮框住了他的大腦袋。我記得他那張寬大的紅臉凹陷到兩個肩膀當中，就像沒脖子的人。他還有一對大耳朵，濃密的眉毛變成灰色，耳朵與鼻孔之間也布滿了灰毛。他的某些特徵讓我想到一頭冬眠的熊。我母親和他母親使勁地把他從扶手椅拉到沙發上。他絲毫不想讓她們輕鬆，不停地抱怨、咆哮，掙扎著脫身，可他體力不支，最終被她們征服了。他母親羅薩拉下他的褲子，露出他半邊腫脹的臀部，讓我母親彎腰在他白皙的屁股上打了一針。後來，作家和她開起了玩笑。我不記得他說了什麼，但我記得玩笑並不是特別逗趣。接著他的夫人芭提雅走了進來。她是個身材瘦削、情緒化的女子，頭髮盤成一個小髮髻。她給我母親倒了杯茶，往我茶杯裡倒了些甜甜的黑醋栗果汁。我覺得那杯子似乎都有裂縫了。我和母親在老宅的客廳裡坐了大概有十五分鐘，村裡那時已經開始把那住宅稱作「廢墟」了。我記得老宅裡有某種東西牽動著我的想像。也許是客廳裡有五六扇門直接通向周圍的房間。我們村的房屋不是這種造法。我只在阿拉伯村子裡見過這種風格的建築。據我所知，作家本人，即使他創作關於大屠殺題材的作品，並沒有顯示出一點陰鬱甚或悲痛的情緒，而是流露出某種勉強的、像孩子般的快樂。他煞費苦心地以他那種懶洋洋的方式取悅我們，為我們講述軼文趣事，玩弄辭藻，自娛自樂。但經過這唯一的會面，我記得他不是個迷人的男子，而是花大把力氣確保每件事情都進展順利的人。

## 2

晚上六點，我從辦公桌前站起身，出門走到村邊散步。在辦公室忙過漫長的一天，我很疲倦，兩隻眼睛又痠又痛。這一天就在準備年度退稅中打發了。我打算走半個小時或一個小時，在海默維茨餐館稍微吃點東西，然後再回去工作，因為晚上就必須把工作做完。我太累了，夜晚的光線並不十分清晰，而是霧茫茫的。那是特里蘭一個炎熱、潮濕的夏日。水井街盡頭是一排柏樹，柏樹後是一座梨園。夕陽西下，落到柏樹後面。在這個炎熱的六月夏日將盡之際，太陽顯得有些暗淡，與我們之間隔著一層灰色的面紗。我以不疾不徐的均勻速度漫步。如今我再次停住，心煩意亂地盯住一個前院。街上只有幾個人急急忙忙地快步趕回家。這時候，村裡多數居民通常都待在家裡或後門廊，身穿背心和短褲，啜飲著冰鎮檸檬水，面對花園，一邊翻閱晚報。

不時有幾個路人從我身邊走過。亞伯拉罕．列文朝我點頭致意；有一兩個人則停住腳步與我說話。在這個村子裡，我們所有人幾乎都彼此熟識，我知道有些人對我心存怨恨，不滿我購買村裡房產，然後將其出售給建造週末之家或度假別墅的外來客，因為如此一來，村莊將很快地不再是村莊，而會變成某種夏日度假村。上了年紀的村民不喜歡這種變化。然而，新來者卻很可能讓這個村莊變得富有，將其從一個被遺忘的偏遠角落變成一個生機勃勃的地方，至少在週末是這樣。每逢週六，小轎車便魚貫開進村裡，乘客前來參觀精品釀酒廠、藝術畫廊、銷售遠東家具的商店，以及乳酪、蜂蜜和橄欖貨攤。

在炎熱的黃昏時分，我來到奠基者街文化廳前的露天廣場，雙腳不由自主地走到大樓後面。那是一個陰暗空曠的場所，有一個不具意義的小花園，因為從來沒有人光顧這個被遺忘的地方。我在這裡站了幾分鐘，然而我不知道自己在等誰，或是等什麼。這裡矗立著一座布滿灰塵的小雕塑，四周長滿黃草，還有一座花圃，裡面種著乾枯的玫瑰，紀念一百年前在一次戰鬥中遇害的五位奠基者。大樓後門有個布告欄，昭告大家有三位音樂家將於下週末來此，與大家共度一個難忘的夜晚。在海報下面，還有一張傳教士貼的告示，宣稱世界只是一個陰暗的前廳，我們必須在那裡準備進入聖所。我盯了它好幾分鐘，深思後斷定自己對聖所一無所知，但我十分喜歡前廳。

當我正在看布告欄時，一個女人——剛才她不在那裡——出現在雕塑旁。在暮靄中，她的樣子有些奇怪，甚至有些怪誕。她是從文化廳後面的入口走出來的，還是穿過旁邊建築間狹窄的通道而來？剛才我還是孤零零一個人在這裡，突然間一個陌生女子不知從哪裡冒了出來。她不是本地人，身材苗條，挺拔，鷹鉤鼻，短實的脖頸，頭上戴著一頂綴滿搭釦與飾針的怪異黃帽。她像一個健行者，身穿土黃色的衣服，腳穿沉重的步行鞋，一個肩膀上背著一個紅色帆布包，皮帶上還繫了個水瓶。她一隻手上拿了根棍子，另一隻手臂上掛了件雨衣，這在六月裡顯然不合時宜。她看起來就像從外國廣告中走出來的自然漫步者。不是在這裡，而是在某個涼爽的地方。我無法從她身上移開視線。

這個怪女人回過頭來，用銳利、幾近敵意的目光看著我。她傲慢地站在那裡，像是全心全意鄙視我，或者她試圖表示我沒有任何希望，我們雙方都很清楚這一點，因此她目光犀利。我沒有任何選擇，只能轉移視線，迅速離去，向奠基者街方向和村文化廳走去。大約走了十來步，我情不自禁地停下腳步，向四周觀望。她已經不在那裡了。大地似乎張開巨口把她給吞噬了。但我無法平靜，繞過村文化廳，繼續朝奠基者街前行，堅定不移地感覺到有些東西出了錯，彷彿我應該做些什麼，做某些嚴肅而有用的事，某些該做但被我避開的事。

因此我走向「廢墟」，準備立即和遺孀芭提雅．魯賓，或者和作家的老母親羅薩．魯賓談談。畢竟，她們終於和我的辦公室聯繫了，說要談談。

## 3

我邊走邊想，如果拆毀「廢墟」的確會有些遺憾。畢竟，它是一百多年前奠基者們最初建造的房屋中的最後一座。作家愛勒達德．魯賓的爺爺是一位家境殷實的農夫，名叫戈達利亞．魯賓。他是特里蘭最早的定居者之一。他親手為自己建造了住宅，種植了一片果園，還有一片成功的葡萄園。他在村子裡以吝嗇小氣、脾氣暴躁著稱。他的妻子瑪爾塔年輕時是梅納什地區出了名的美女。但是，「廢墟」年久失修，搖搖欲墜，花錢重新修復或裝修已沒有意義。我考慮，或許可以從他母親和遺孀手裡將其買下，把地皮賣掉，蓋一幢新的別墅，然後把一個帶有紀念性意義的徽章鑲嵌在新建築物的正面，說明這裡曾是作家愛勒達德．魯賓的故居，他正是在這裡寫下了反映大屠殺恐怖的作品。這是可以做的。當我還是個小孩時，我常想這些恐怖仍以某種方式在作家家裡，在地窖裡，或者某間後屋裡繼續著。

在公車站旁的小廣場，我遇見了特里蘭村村長班尼．阿弗尼。他正和首席工程師，還有一位內坦亞來的鋪路承包商站在那裡，討論把舊的鋪路石換掉。我看到他們在黃昏時分站在那裡閒談，頗為吃驚。班尼．阿弗尼拍拍我的肩膀說：

「你好嗎，房仲先生？」

他接著又說：「你好像有點著急哦，約西。」他又加了一句：「有空的話到我辦公室來坐坐。也許就星期五下午，我們兩人需要談談。」

我想試探一下要談什麼，卻無法從他那裡得到任何暗示。

「來吧，我們談談。」他說：「我請你喝咖啡。」

這些話令我倍加不安：該做什麼，或者不該做什麼，此時已成為我的負擔，令我憂心忡忡；可究竟是什麼事，我無法想像。因此我前去「廢墟」。但我沒有直接去那裡，而是繞了個小彎，經由學校和學校旁邊的松樹道。我突然想到，那個在文化廳後的偏僻花園裡突然出現在我面前的怪女人一直試圖給我一些線索，或者某種生死攸關的重要線索，只是我不肯去注意。我究竟在怕什麼？我為什麼從她面前逃跑？可我真的逃脫了嗎？畢竟，當我回頭看時，她已不在那裡了，彷彿消失在傍晚的暮色之中。一個消瘦挺拔的人，身穿怪模怪樣的旅行裝，一隻手上拿著手杖，另一隻手臂上掛了件摺疊起來的雨衣。彷彿不是六月時節。在我看來，她就像阿爾卑斯山上的一名健行者。也許是奧地利人。或者瑞士人？她試圖對我說什麼？我為什麼要從她面前逃之夭夭？對於這些問題，我找不到答案。我也想像不出班尼．阿弗尼要和我說什麼，他為什麼不能在我們碰面的公車站旁小廣場坦率地提出問題，而是邀請我在一個如此奇怪的時間——星期五下午——去他的辦公室拜訪呢？

塔爾派特街轉角的背陽處有張長椅，上面放著一個用黑色細繩繫綁的牛皮紙小包裹。我停住腳步，彎下腰身，看上面寫了什麼。包裹上什麼字也沒有。我小心翼翼地把包裹拿起來，將它翻過來，但是牛皮紙光滑得很，沒有任何標記。我猶豫了片刻，決定不把包裹打開，但是覺得應該讓人知道我發現了它。我不知道該告訴誰。我雙手抓住小包裹。它比看上去要重，比一包書要重，好像裡面包的是石頭或者金屬。現在這個物件引起我的懷疑。我將它輕輕放回長椅上。我本該把發現這個可疑包裹的事報告給員警，可我的手機放在辦公桌上，因為我只是出來溜達一下，不想被公事打擾。

與此同時，最後一縷日光慢慢退去，只有落日的餘暉仍舊在路的盡頭閃爍，像是朝我點頭示意，或者與之相反，是在警告我遠離這裡。街道上布滿了更深沉的陰影，那是高大的柏樹以及住宅前院四周的籬笆。陰影並非靜止不動，而是來回搖晃，彷彿彎下腰身尋找某種丟失的東西。過了一會兒，街燈亮了；陰影沒有退避，而是與拂動樹梢的輕風交織在一起，像有一隻看不見的手在攪動它們，使它們交融。

我在「廢墟」那破裂的鐵門前停住腳步，在那裡站了幾分鐘，吸著歐洲夾竹桃的芬芳，以及天竺葵的苦澀氣味。房子裡似乎空無一人，因為窗子或花園都沒有燈光，只聽得薊草中蟋蟀唧唧，與之比鄰的花園裡蛙聲一片，街道那邊遠遠傳來持續的犬吠。我為什麼不事先打電話預約就貿然來到這裡？要是我現在敲門，天已經黑了，兩個女人一定會大吃一驚。她們甚至連門也不會開。但也許她們都不在家——窗子裡一片漆黑。因此我決定離開，改天再來。但是，我一邊還在做決定，一邊卻已打開大門。門不吉利地吱嘎作響。我穿過黑漆漆的前花園，敲了兩下前門。

## 4

開門的是已故的愛勒達德・魯賓的女兒雅德娜，一個大約二十五歲的年輕女子。她母親和祖母去了耶路撒冷。她從海法回來獨自住個幾天，寫關於特里蘭奠基者的課程論文。很早以前我就記住了雅德娜，因為在她大約十二歲那年，有一次她父親讓她到我辦公室來要村規劃書。她是個靦腆的金髮女孩，身材猶如豆莖，脖子細長，精緻的面龐似乎充滿了好奇，彷彿所發生的一切均令她吃驚，賦予她羞怯的困惑。我試圖與她小談，談談她的父親、他的書、從全國各地慕名而來的拜訪者，可她只回答是和不是，只有一次她說：「我怎麼會知道呢。」因此我們的交談未曾開始就已經結束。我把她父親索求的村規劃書遞給她，她謝過我之後就出門走了，留下一串羞怯與驚奇，像是發現我本人或我的辦公室令她吃驚。在那以後，我在維克多・愛茲拉的雜貨店、村委會辦公室或在衛生所碰見過她幾次，每次她都像老朋友似的對我微笑，但話很少。她總是給我一種挫敗感，好像我們之間有些尚未進行的談話。六七年前，她被徵召服兵役。聽說在那之後，她就到海法讀書去了。

如今，在這座百葉窗緊閉的房子入口，她就站在我面前，成了一位舉止優雅、姿容纖巧的年輕女子。她身穿樸素的棉布連衣裙，頭髮蓬鬆，像個小女生般穿著白襪和拖鞋。我垂下眼簾，只看著她的拖鞋。我說：「你母親打電話給我，要我過來談談今後如何處理這個房子。」

雅德娜告訴我，她母親和祖母到耶路撒冷去了，打算在那兒住個幾天，她獨自一人在家。她邀請我進屋，儘管和她談論房子的未來沒有什麼用。我打定主意道完謝就離開，改天再來，可我的雙腳卻不由自主地跟隨她走進了屋裡。我走進童年記憶中的那座大房子。屋裡的天花板很高，有各式通往側屋的房門，以及通向地窖的台階。暗淡的金光透過鑲嵌在靠近天花板的金屬燈罩照亮了房間。兩面牆排列著裝滿書的書架，東面牆上仍然掛著一張地中海大陸的大地圖。地圖有些發黃，邊緣已經殘破。房間裡有種古舊和濃密的東西，有某種未經通風的東西發出的淡淡氣味，也許不是氣味，而是金色燈光捕捉到了一些微塵，在側面放有八把直背餐椅的黑色餐桌上面閃閃發光，形成一道斜柱。

雅德娜讓我坐在一把紫色扶手椅上，問我想喝什麼。

我說：「請別麻煩。我不想打攪你。我就坐坐，休息一會兒。等你母親和祖母在家時再來。」

雅德娜堅持要我喝點什麼。「天這麼熱，你又是走過來的。」她說。她離開房間時，我看著她的兩條長腿，以及那腳上穿著小女孩的拖鞋和白襪。房子裡一片沉寂，彷彿被永久賣掉並騰空。一只舊式掛鐘在沙發上方滴答作響。門外有隻狗在遠處狂吠，但是沒有一絲微風拂動房子四周的柏樹樹梢。東窗外可見一輪滿月，月亮表面的暗影顯得比平時顏色更深。

雅德娜回來後，我注意到她已經脫掉了拖鞋和襪子，現在光著腳。她端著黑色玻璃托盤，上面放著一個玻璃杯，一瓶冷水，一盤椰棗、李子和櫻桃。瓶子上凝著一層冰珠。杯緣有一圈纖細藍線。當她彎下腰身時，我瞥見了她的兩座乳峰和乳溝。她的乳房小巧而堅實，有那麼一刻我覺得那就像她侍奉我的果實。我喝了五六口水，用手指碰了碰水果，可是什麼也沒拿。李子外面仍然有一層凝結物，也許是清洗時沾的水滴，看上去味道鮮美，令人垂涎。我告訴雅德娜我記得她的父親，我從童年時代就記得這座房子，裡面的一切似乎都不曾改變。她說她父親喜歡這座房子，他在這裡出生、成長，在這裡寫下他全部的作品，但是她母親想離開此地，住進城裡。她覺得這裡靜得讓人透不過氣來。顯然她祖母會被送進一家養老院，房子會被賣掉。她自己對賣掉房子既不支持，也不反對。那是她母親的事。要是徵求她的意見，她也許會說只要奶奶活著，就緩一緩。但另一方面，母親的想法可以理解：她既然已經退休，不再擔任學校的生物老師，為什麼還要留在這裡？母親一直獨自和重聽的奶奶住在這裡。

「你想看看房子嗎？我帶你逛逛？這裡有許多房間。」雅德娜說，「這幢房子蓋得沒有任何韻律和理由，彷彿建築師失去了理智，想在哪兒蓋房間就在哪兒蓋，想在哪兒造通道就在哪兒造。實際上他連建築師都不是：我的曾祖父建造了房子的主體，每隔幾年他就加一個新的側翼，而後是我祖父，蓋了更多房間。」

我站起來，跟著她穿過一扇通往黑暗的房門，發現自己進入一條石砌通道，裡面排列著山脈河流的舊照片。我兩眼盯著她的那雙赤腳。那雙腳在石板上輕快地走動，就像她正在我面前跳舞。幾扇門都通向這條通道，雅德娜說即使她在這座房子裡長大，仍然覺得身在迷宮裡，還有一些角落她從小就沒有去過。她打開一扇門。我們走下五級台階，來到一條彎彎曲曲、只亮著一個昏黃燈泡的黑通道。這裡也有帶玻璃門的櫃子，裡面裝滿了書。書與書中間點綴著收藏的化石和海貝。雅德娜說：「我父親喜歡傍晚時分坐在這裡。他非常喜歡沒有窗子的封閉空間。」我說我也喜歡封閉的空間，那裡即使仲夏時節也留著一絲冬意。雅德娜說：「那樣的話，我帶你來對地方了。」

## 5

一扇嘎吱作響的房門從走道通向一個小房間。小房間裡只放了一張破舊的沙發、棕色的扶手椅和一張棕色矮咖啡桌。牆上掛著一張特里蘭的大幅灰色照片，顯然是多年前在村中心的水塔頂拍攝的。旁邊可見一份裝裱好的證書，但是光線太弱，我看不清是什麼。雅德娜建議坐一坐，我沒有拒絕。我坐在破舊的沙發上，雅德娜坐在我對面的扶手椅。她翹起了腿，往下拉她的裙子，但是裙子太短，遮不住雙膝。她說，目前為止我們只不過看了整座房子的一小部分，還說左邊的門通向客廳，我們就是從那裡開始參觀的，而右邊的門通向廚房，我們可以從那裡去往配餐室，或者去往通向幾個臥室的走廊。另一側還有幾間臥室。有的臥室至少也有五十多年沒住過人了。她的曾祖父有時會給從遠方前來參觀果園和花園的訪客提供膳宿。她的爺爺則經常為訪問講演者和表演者提供膳宿。我看著她那剛好從裙下露出的渾圓膝蓋。雅德娜也看著她的膝蓋。我急忙轉移視線，去看她的臉龐，只見她臉上露出一絲隱隱約約的微笑。

我問她為什麼帶我看房子。雅德娜驚奇地回答：「我想你不是要買房子嗎？」我差點兒回答說我要買房子是為了將其拆掉，因此沒必要花那麼長的時間參觀，但一轉念我又把話吞回去了。我說：「這樣的房子只住兩個女人確實太大了。」雅德娜說她母親和祖母住在房子的另一個部分，從後部可以看到花園，她在那裡也有一個小房間，回來時睡在那裡。「你現在就急著走嗎？你累不累？還有許多房間呢。因為你在這裡，我自己也剛好藉機看一看。我一個人看會害怕，但我們兩個人一起看就不害怕了，對吧？」

她問我是不是累了，說我們兩個一起看就不害怕的時候，聲音裡暗藏著某種蔑視，近乎嘲諷。我們從右邊房門來到一間舊式大廚房。不同型號的平底鍋掛在廚房的一面牆上。舊灶具和紅磚煙囪占據了整個角落。廚房上方懸掛著大蒜和一串串水果乾。一張粗略拼成的黑桌子上七橫八豎地放著各種各樣的用具、筆記本、調味料罐、沙丁魚罐頭、布滿灰塵的油瓶、一把大刀、一些陳年乾果，以及各種果醬和辛辣佐料。牆上的一張圖畫掛曆，顯然是多年前掛上去的。

雅德娜說：「我父親喜歡冬天時坐在這裡，在溫暖的爐灶旁邊寫東西。現在我母親和祖母使用她們那一側的小廚房。這個廚房實際上沒有真正使用。」她問我餓不餓，要給我拿些甜點。我確實覺得有些餓，想要吃點東西，想要一片抹上酪梨醬的麵包，上面撒點洋蔥和鹽，可是廚房看起來那麼荒涼，好奇心又驅使我繼續前進，去到房子深處，迷宮的中心。「不，謝謝，也許下次吧，」我說，「現在我們或許應該繼續走走看看這裡還有什麼。」

我又一次從她眼中看到某種譏諷，或是嘲弄，好像她洞察了我的內心深處，發現了我某種不光彩的東西。她說：「來吧，往這邊走。」我們兩個走上一條狹窄的通道。它的左側斜對著另一條彎彎曲曲的通道。雅德娜在那裡打開一盞蒼白的燈。我一頭霧水，不確定自己能否找到回來的路。雅德娜似乎很喜歡帶領我一直往深處走，來到房子最深的地方。她的一雙赤腳仍然在冰涼的石板上敏捷地活動，修長、纖細的身子翩翩起舞，就像在飄動。在這條通道裡堆著各種各樣的宿營設備：摺疊起來的帳篷、支桿、橡皮墊、繩子，以及一對燻黑的煤油燈，好像有人一直在準備出行，要到山中獨處。厚厚的牆壁中間縈繞著潮濕與灰塵的氣息。我八九歲的時候，父親有一次把我關進花園的工具棚裡，一關就是一兩個小時，因為我打破了一支溫度計。我依然記得冰冷與黑暗的手指撫摸著我，而我就像胎兒一樣蜷縮在工具棚的角落裡。

除了我們進來時的那扇門，這條彎彎曲曲的通道還有三扇關閉的房門。雅德娜指著通往地窖的一扇門，問我是否願意下去看看。

「你不害怕地窖吧？」

「不怕，」我說，「可是如果你不介意的話，我們這次就不下去了。」

但我又立即轉念，說：「幹嘛不去呢？我也應該看看地窖。」

雅德娜拿起掛在通道牆上的手電筒，用一隻赤腳把門打開。我跟在她身後。在幽冥中，透過跳動的陰影，我數了數有十四級台階。潮濕的地窖裡寒氣逼人，雅德娜的電筒在黑漆漆的牆壁上投下道道濃重的陰影。雅德娜說：「這是我們的地窖。房子裡所有擺不下的東西都保存在這裡。我父親有時會在今天這樣的炎熱天氣下到這裡，涼快一會兒。在乾燥炎熱的夜晚，我祖父會睡在這裡，身邊放著木桶和包裝箱。你呢？你沒有幽閉恐懼症吧？你害怕黑暗嗎？我不怕。相反地，我從很小時，就給自己尋找封閉、黑暗的藏匿場所。要是你真的買下這幢房子，要努力勸勸客戶不要改變房屋結構。至少在我奶奶活著時不要動它。」

改變？新主人可能不想改變住房，而是乾脆拆掉，原地建造一座現代別墅（但似乎有什麼東西在阻止我說出自己正計畫將其拆除）。

「要是有錢，」雅德娜說，「我就自己把它買下來，然後把它封起來。我當然不會來這裡住。我要把它買下，封上，讓它原樣保存下去。這是我想做的。」

當眼睛適應黑暗時，我看到靠地窖的牆邊放著架子，上面擺滿了瓶瓶罐罐。罐子裡裝著醃製的小黃瓜、橄欖、果醬，以及各種各樣的加工食品，還有一些我認不出來的食物，彷彿這座房子要經歷長期圍困，地上盡是一堆堆麻袋和箱子。我右邊有三四個封起來的木桶，可能裝盛的是酒，但我無從得知。在一個角落裡放著一摞摞的書，幾乎快頂到天花板。按照雅德娜的說法，她的曾祖父戈達利亞·魯賓在蓋房子之前，就挖掘並建造了這個地窖。地窖是地基的一部分。早年，家裡人就住在這裡，直到上面的房子建好。而且，就像她先前告訴我的那樣，房子並非一夕建成，而是造了許多年。每一代人都為它加上側翼和延伸的部分。也許正因如此，它似乎顯得沒有計畫性。雅德娜說，在她看來，這種混亂正是房子的一大祕密魅力所在：你可以走失，你可以藏匿，你可以在絕望之際找到獨處的安靜角落。「你喜歡獨處嗎？」她問。

我頗為震驚，因為我無法想像人為何需要在這座布局零亂的偌大房子裡找個安靜的角落獨處。房子裡只住著兩位老太太，有時候是兩位老太太和一個光腳的女學生。然而，我在地窖裡感覺不錯。我在腦海裡將它涼颼颼的黑暗與在村文化廳後塵煙瀰漫的小花園裡突然出現又立即消失的女健行者的奇怪影像，還有村委會負責人班尼．阿弗尼的奇怪邀請，以及我在一條長凳上發現、本應告訴別人卻又祕而不宣的沉重包裹全連結在一起。

我問雅德娜，地窖是否有出口直通外面的花園。可她告訴我只有兩個出口：我們進來時走的那條路，以及經由台階直接通向起居室的路。「你要回去嗎？」我說對，但立即就後悔了，我說實際上不是，我不要回去。雅德娜拉著我的手，讓我坐在一個包裝箱上，而後她坐在我對面，輕輕拉平腿上的裙子。她說：「現在我們兩個人都不急著去什麼地方，對吧？請告訴我，你一旦買下我家房子，究竟會做些什麼。」

## 6

她放下手電筒，燈光朝上直指天花板。那裡出現一個光圈，光圈外一片黑暗。雅德娜變成陰影中的剪影。她說：「如果我願意，我可以關上手電筒，在黑暗中溜走；我可以把你鎖在地窖裡，你將永遠留在這裡，吃橄欖和泡菜，喝葡萄酒，在牆壁間摸來摸去，直到電池全部耗盡。」我想回答的是，實際上我在夢中經常看到自己被鎖在地窖裡，但我選擇了一言不發。片刻沉默後，雅德娜問我要把房子賣給誰。誰會買這樣一座破迷宮？

我說：「看看吧。或許我誰也不賣，或許我會自己搬進來。我喜歡這座房子，也喜歡原住戶。或許我可以將房子和原住戶一併買下？」

雅德娜說：「我有時喜歡照著鏡子慢慢地脫衣服，想像自己是一個觀看自己脫衣的貪婪男人。那樣的遊戲讓人激動。」手電筒的光跳動起來，好像是因為電池不足，但後來屋頂上的明亮光圈又重新出現。在沉默中，我想自己可以聽見隱隱約約的流水聲，水緩慢平靜地在這個地窖之下更為幽深的地窖裡流動。我五六歲時，父母帶我去加利利旅行。我想我模糊地記得一座由布滿苔蘚的沉重石頭建造的建築物。也許那是一座古老的「廢墟」。在那裡你也可以聽到遠處傳來水在黑暗中流動發出的悲嘆。我站起身，問她是否想帶我看房子的其他部分。她把手電筒的光束照在我臉上，弄得我頭暈目眩。她嘲弄地問我為什麼這麼急不可耐。

我說：「我不想占用你一晚上的時間。今晚我還要填完退稅表。我把手機放在辦公桌上，也許艾緹正在找我呢。不管怎樣，我會回來和你母親或者你祖母談。但是，你說得對，我實際上並不需要這麼著急。」

她不再用手電筒燈光刺我的眼睛，而是把它對著我們之間的地板。「我也不急，」她說，「我們有一晚上的時間。天還早呢。跟我講講你自己吧。不，實際上不用。需要知道的我已經知道了，不知道的我也不必知道。小時候，我只要惹惱了爸爸，他就會把我鎖在這個地窖裡一兩個小時。比如，我八九歲時，有一次站在他的書桌旁，我看到他把手稿刪來刪去，於是我拿起一支鉛筆，在每頁稿紙上都畫了一隻微笑的小貓，或者做鬼臉的猴子。我想讓他高興。可是父親勃然大怒，把我鎖進黑漆漆的地窖裡，教訓我，告訴我不許碰他的稿子，連看都不許看。我在這裡待了上千年，他才讓祖母把我放出去。確實，從那次以後，我再也不碰、不看他的稿子了。我根本就沒有讀過他的書。他死後，祖母、母親和我把他所有的筆記、卡片索引和小紙條統統送給了作家協會檔案館。我們不想去處理他的文學財產。祖母是因為不忍看大屠殺文學，那會讓她噩夢連連；母親是因為生父親的氣；而我呢，沒有特別的原因，我只是不喜歡他那類作品，無法忍受那種風格。上六年級時，有一次老師讓我們學習他小說中的某個章節。那感覺，怎麼形容呢，就像他把我禁錮在厚厚的冬被下面，令人窒息，只能聞見他的體味，看不到光，呼吸不到空氣。從那以後，我再也不看，甚至不再嘗試去看他寫的任何東西。你呢？」

我告訴她，我曾經嘗試閱讀愛勒達德．魯賓的長篇小說。他畢竟是本地人，是我們村的人，全村都為他感到驕傲，但我沒能看完。我看偵探小說、報紙農業增刊，有時也看政治方面的書或者政治領袖傳記。

雅德娜說：「約西，你今天晚上能來太好了。」我猶豫著伸出了手臂，觸摸她的肩膀。她沒說什麼。我拉住她的一隻手，過了一會兒，又拉住她的另一隻手。於是我們面對面在地窖裡兩個包裝箱上坐了幾分鐘，她的雙手緊緊握住我的雙手。未曾讀過愛勒達德．魯賓的作品這件事，似乎成了我們之間的一種紐帶。但也許，連結我們的不是這個，而是空曠的房子，散發著濃重氣味的沉寂地窖。

過了一會兒，雅德娜站起身，我也站了起來。她抽回雙手，用她全部的體溫擁抱著我。我猛地把臉埋進她長長的棕髮裡，嗅著她的氣味，檸檬味洗髮水混雜著淡淡的肥皂氣味。我吻了兩下她的眼角。我們站在那裡一動也不動。我感覺到欲望與兄長般的柔情奇怪地交織在一起。她說：「我們到廚房弄點東西吃。」可是她繼續抱著我，像是她的身體無法聽從嘴唇的使喚。我雙手撫摸她的後背。她的雙手緊緊抓住我的後背，我可以感覺到她的乳房貼在我的胸膛上，感受到兄長般的情感仍然強於欲望。我慢慢地撫摸她的頭髮，再次親吻她的眼角，但是我避免觸碰她的嘴唇，似乎懼怕某種不可復原的事物。她把頭埋進我的頸子，皮膚的溫暖傳到我的皮膚上，引起靜靜的快感，那快感征服了欲望，克制著我的身體。她的擁抱也不是出於欲望，更像把我扶住，免得我絆倒。

# 7

後來，我們在地窖的一個角落發現了她父親的舊輪椅。輪椅上鋪著破舊的座墊，兩個大輪子上分別裝著一個橡皮箍。雅德娜讓我坐在輪椅裡，推著我穿過地窖，從台階到一堆堆麻袋，從儲存蔬菜的架子到堆砌起來的書籍。她一邊推我，一邊放聲大笑，說：「現在我想對你做什麼就能做什麼。」我也放聲大笑，問她想要對我做什麼。她說她想要我睡覺，在這個地窖裡甜美地睡上一覺。「睡吧，」她說，「甜美地睡吧。」當她說出這些短促的詞語時，聲音裡甜苦交加。接著她唱起一支古老的搖籃曲。那曲子我以前從沒聽過，是一支奇怪荒誕的曲子，說的是夜晚槍擊，一個父親被槍打中，很快就輪到一個母親該去站崗了：特里約塞弗的糧倉在燃燒，貝特阿爾法上空濃煙繚繞，你閉上眼睛，不要哭鬧，躺下睡覺。

這首歌從某種角度來說很適合我們所在的這座住宅，尤其適合地窖和雅德娜。她推著我走遍整個地窖，偶爾撫摸一下我的頭、我的臉龐，還溫柔地觸碰我的嘴唇，直到我真的感到身體產生了愉快的倦意。我差一點閉上雙眼，但是某種危險的意識闖進瞌睡，阻止我入睡。我的下巴垂到胸前，我的思想漫無邊際，想到了那個怪女人。她在村文化廳後面荒僻的紀念公園雕塑旁出現在我眼前，身穿阿爾卑斯健行者的服裝，帽子上扣著搭釦和飾針。我記得當我轉身走開時，她怎樣用蔑視的目光盯著我，又怎樣突然消失，像從未出現過。我做出了決定，不管花多少錢我都要買下這座住宅，儘管我已經喜歡上它，但我還是會把它夷為平地。不知怎的，我確信住宅得被拆毀，縱然它實際上是最後一座由奠基者建造的住宅。不久以後，特里蘭就再也沒有第一批定居者時期建造的房屋了。打著赤腳的雅德娜親吻了一下我的頭，把我留在輪椅上。她自己像舞蹈演員似的踮著腳，拿著手電筒走上台階。她關上門，把輪椅上的我留在那裡，陷入沉睡。我知道一切都會順利，不用急。

# 等待

# 1

特里蘭，一個擁有百年歷史的拓荒者村莊，被環抱在田野和果園之中。一座座葡萄園沿東邊斜坡延伸而去；一排排杏樹生長在臨近的公路旁；一個個紅瓦屋頂沐浴在古樹的濃鬱蔥翠中。許多村民仍然借助外籍移工的幫助從事農耕，而這些工人就居住在農家場院的小屋裡。但也有些村民租賃土地，靠出租房屋、開藝術畫廊或時裝店為生，或是到外地工作。村子最熱鬧的中心區開了兩家美食餐館、一家釀酒廠，和一家出售熱帶魚的小商店。當地還有一位企業家開始從事仿古家具加工。每到週末，村子裡自然擠滿了前來尋吃或購買便宜物品的遊客；然而一到週五，街道上便空空蕩蕩，村民們都躲在關得緊實的百葉窗後面休息。

特里蘭的村長班尼．阿弗尼，身形高瘦，總是佝僂著肩膀，不太修邊幅。他習慣穿一件套頭衫，但這件過於寬大的衣服讓他顯得有些笨手笨腳。他走路的樣子堅決果敢，身體前傾，像是在逆風而行。他的臉龐頗為耐看，眉毛高聳，嘴唇精緻，褐色眼睛裡流露出關注、好奇的表情，好像在說：「我喜歡你，想聽你多講講你自己。」然而，他也知道如何在拒絕別人時令對方毫無察覺。

二月的某個週五下午一點鐘，班尼．阿弗尼獨自坐在辦公室裡回覆當地居民的來信。村委會的其他工作人員已經回家，因為週五辦公室十二點下班。班尼．阿弗尼習慣於週五下午多待一段時間，親自回覆他所收到的信件。他還有兩三封信要回。回完信，他打算回家吃午飯，沖個澡，一覺睡到天黑，然後進行週五晚上的活動：跟妻子娜娃一起到達莉雅和亞伯拉罕．列文位於泵房崗巷尾的家中，參加合唱晚會。

他在回覆最後幾封信時，聽到有人怯生生地敲門。這是一間臨時辦公室，只放了一張書桌、兩把椅子和一個檔案櫃，因為村委會辦公室正在翻修。他一邊說「請進」，一邊從信紙上抬起頭來。一個叫阿迪勒的阿拉伯青年走了進來。他是個學生，也可能曾經在學校讀過書，總之，他現在正在拉海爾．弗朗科那裡打零工，住在村邊與墓園接壤的柏樹林旁、拉海爾家花園邊的一間小屋裡。班尼認識他。他對他熱情地微笑，請他坐下。

然而，這個瘦小的年輕人仍然站在離村長書桌兩步遠的地方。他恭敬地鞠了一個躬，難為情地說：「真是打擾了。現在都已經下班了。」
班尼．阿弗尼說：「沒關係。坐吧。」
阿迪勒猶豫了一下，坐在椅子邊緣，身子並沒有碰到椅背。「是這樣的，你太太看見我往村中心方向走，要我把這個交給你。其實，是一封信。」
班尼．阿弗尼伸手接過紙條。
「你在哪裡看見她的？」
「在紀念公園附近。」
「她往哪個方向走了？」
「她哪裡都沒去。她坐在長椅上呢。」
阿迪勒猶豫著站起身，詢問班尼是否還有別的事。班尼．阿弗尼微笑著聳聳肩，說沒什麼事了。阿迪勒說了聲謝謝之後，垂著肩走了。阿迪勒走後，班尼．阿弗尼打開摺疊的紙條——這是從廚房記事本上撕下來的一張紙，上面是娜娃不慌不忙的字跡，寫著四個字：
**別擔心我**。
他覺得這幾個字頗有蹊蹺。娜娃每天在家裡等他吃午飯。他一點鐘回到家，而她十二點鐘從小學下班。他們兩人結婚十七年了，依然相愛，但在日常生活中，他們之間的互動大都是相敬如賓，混雜著某種克制後的不耐煩。他把政治活動與村裡的公務帶回家裡，對此她心存怨恨。她無法忍受他毫無偏見地對所有人濫施既民主又親切的友善態度。而在他眼中，她對藝術的熱情令他厭煩，他不喜歡她用泥土製成模型，然後放入一個特製的窯內燒製而成的小塑像。他憎恨燒製泥土的味道，而她身上有時就沾著這種味道。

班尼．阿弗尼打電話回家。電話鈴響了八九聲後，他才確定娜娃不在家。在他看來，午飯時間她不在家這件事的確很奇怪。更怪的是，她讓阿迪勒帶這個便條給他，但閉口不談她去了哪裡，何時回來。在他看來，便條一事不合情理，她差遣的送信人也讓人吃驚。可他並不擔心。如果突然外出，娜娃和他會在客廳花瓶下給對方留個便條。

因此班尼．阿弗尼寫完了最後兩封信：一封給雅達．德瓦什談郵局搬遷問題，另一封給村委會會計談一位雇員的養老金權利。他把收公文籃裡的文件歸了檔，把信件放到發公文籃裡，檢查了窗子和百葉窗，穿上他的絨呢長大衣，再把門上了兩道鎖。他計畫路過紀念公園，去接也許還坐在長椅上的娜娃，和她一起回家吃午飯。然而他轉身又返回了辦公室，因為他覺得可能忘了關電腦，或者忘了關廁所燈。結果，電腦關了，廁所的燈也熄了。因此班尼．阿弗尼再次給門上了兩道鎖，出門去尋找他的妻子。

## 2

娜娃沒有坐在紀念公園旁邊的長椅上。實際上，哪裡都看不到她的身影。可是瘦骨嶙峋的學生阿迪勒正獨自坐在那裡，一本打開的書倒蓋在他的膝蓋上。他沒有看書，而是目不轉睛地盯著街道。麻雀在他頭頂的樹上嘰嘰喳喳。班尼．阿弗尼把一隻手放在阿迪勒的肩膀上。

「娜娃剛才不是在這裡嗎？」他溫和地問，似乎怕傷害到阿拉伯男孩。阿迪勒回答說剛才在，可現在不在了。

「我沒看見她，」班尼．阿弗尼說，「但我想你也許知道她往哪個方向走了。」

阿迪勒說：

「抱歉。非常抱歉。」

班尼・阿弗尼回答：

「沒關係。不是你的錯。」

他轉身朝家裡走去，途經猶太會堂街和以色列部落街。他走路時身子前傾，像在和某種看不見的力量抗爭。因為他是個頗受歡迎的人，路上的人都會微笑著和他打招呼，他也會報以微笑，並且詢問他們都還好嗎，最近有什麼新進展。有時，他會補上一句：人行道上的裂縫，現在正在修補哦。很快地，這些路人都會回家吃午飯，睡週五的午覺，村裡的街道將會空無一人。

班尼・阿弗尼家的前門沒有上鎖。廚房裡傳來收音機輕柔的聲音。有人正在談論鐵路網的發展情況，以及鐵路運輸優於公路運輸之處。班尼・阿弗尼在客廳花瓶下娜娃放便條的老地方尋找，但一無所獲。然而他的午飯擺在廚房餐桌上，為了保溫而用另一個盤子蓋住。那盤子裡有四分之一隻雞，還有馬鈴薯泥、胡蘿蔔和豌豆；刀叉分別放在盤子兩側，刀下放著疊好的餐巾。班尼・阿弗尼把盤子放進微波爐裡加熱兩分鐘，因為儘管蓋著盤子，飯菜也不怎麼熱了。與此同時，他從冰箱裡拿了一罐啤酒倒在杯子裡。他狼吞虎嚥地消滅了午飯，幾乎沒有注意到吃的是什麼，因為他在聽收音機。收音機裡正播著輕音樂，中間有長時間的停頓，插播商業廣告。在某次停頓中，他似乎聽到了門外花園小徑上傳來娜娃的腳步聲。他從廚房窗口向外望去，但院子裡空無一人。只看見在雜草和廢棄物當中有一輛破卡車的車軸，還有兩輛生鏽的自行車。

吃過飯後，他把髒盤子放到洗碗槽裡，想去沖個澡，便順手關掉了收音機。房子裡一片沉寂，只聽見牆上掛鐘的滴答聲。十二歲的雙胞胎女兒尤芭爾和英芭爾，參加學校的旅遊，去了加利利。她們臥室的門關著。他從那裡經過時，打開臥室的房門向裡窺探：百葉窗關得緊實，裡面飄散著肥皂味和熨燙過的亞麻衣物的清新氣味。他輕輕關上門，去了浴室。脫掉襯衣和褲子後，他突然恢復了鎮定，走向電話邊。他仍然不擔心，但是實在不懂娜娃為什麼會消失。她為什麼沒有像往常一樣等他吃午飯？他打電話給吉莉．斯提納，問她娜娃是否和她在一起。

吉莉說：「當然沒有。怎麼了，她跟你說來我這裡嗎？」

班尼．阿弗尼說：

「實際上，她什麼也沒說。」

「雜貨店兩點關門，她也許順便去買東西了。」

「謝謝你，吉莉，沒事的。她一定很快就會回來。我不擔心。」

儘管如此，他還是找到了維克多家雜貨店的電話號碼，撥打了電話。電話鈴響了很長時間才有人接。最後是利伯松這個老人家，用他帶鼻音的男高音，以某種聖餐儀式上的唱誦腔調講了話：

「維克多雜貨店，我是什洛莫．利伯松。有什麼可以為您效勞？」

班尼．阿弗尼問起娜娃。老利伯松傷心地回答：

「沒有啊，阿弗尼先生。真遺憾，你親愛的夫人今天沒到這裡來。我們沒這份榮幸迎接她迷人的陪伴。我想我們不可能有這個榮幸了，因為再過十分鐘，我們就要打烊回家，準備迎接安息日新娘[15]。」

班尼．阿弗尼回到浴室，脫掉內衣，調試水溫，好好洗了個澡。擦拭身體時，他似乎聽到了房門嘎吱作響，於是提高嗓門喊道：「娜娃？」但沒有回應。他穿上乾淨的內褲和卡其褲，到廚房尋找線索，接著又來到客廳，檢查放電視的角落，又去了臥室和阻擋起來的走廊，那裡形成的空間也是娜娃的工作室。她在這裡度過了漫長的時光，用泥土塑像，有奇形怪狀、富有想像力的小動物，或者寬下巴、塌鼻子的拳擊手。她在一間倉庫的窯裡將這些小玩意烘乾。他去了小屋，打開燈，在那裡站了一會兒，眨眨眼睛，但是看到的都是變形的雕塑和寒窯，四周環繞著在灰塵隔板中跳動的黑暗陰影。

班尼·阿弗尼不知是否應該躺下休息，不再等待娜娃。他進了廚房，把髒盤子放進洗碗機。他尋找著線索，看娜娃出去之前是否吃過飯。可是洗碗機幾乎塞滿了，他無法辨認哪些盤子是娜娃吃午飯用的，哪些是原來就在那裡的。

爐子上放著一鍋煮熟的雞塊，但無法得知娜娃是吃過飯才給他留了一些雞塊，還是什麼都沒吃就出去了。班尼·阿弗尼坐在電話機旁，撥打芭提雅·魯賓的電話，看看娜娃是否和她在一起。可是電話響了又響，始終無人接聽。班尼·阿弗尼自言自語地說「玩真的了」，就到臥室裡躺了下來。娜娃的拖鞋放在床邊。拖鞋小巧玲瓏，色彩鮮豔，鞋跟已經有些磨損，看上去就像一對玩具船。他在床上平躺了十五或二十分鐘，盯著天花板。娜娃很容易生氣。這些年，他明白了任何試圖安慰她的努力都會讓她更加生氣，因此他寧願什麼也不說，讓流逝的時間慢慢撫慰她。她

15在猶太傳統裡，將「安息日」擬人化為新娘。

控制著自己，但對此耿耿於懷。有一次，她的朋友吉莉．斯提納醫生建議在村委會藝術畫廊辦個小展覽，展出娜娃的雕塑。班尼．阿弗尼微笑著承諾說考慮一下再給吉莉答覆。最後，他給的回覆是：在村委會藝術畫廊辦展覽不合適，畢竟娜娃只是一個業餘藝術家；她可以在她工作的小學走廊展出她的作品，免得招來閒言碎語，說她受到偏袒，諸如此類。娜娃什麼話也沒說，但是一連幾個夜晚，她就站在臥室裡熨燙衣服，直至凌晨三四點。結果，她什麼都熨燙，就連毛巾和床罩都沒放過。

約莫過了二十分鐘，班尼．阿弗尼突然起身穿上衣服，去了地下室。他打開電燈，驚動了一大群蟲子。班尼凝視著包裝箱和衣物箱，摸摸電鑽，拍拍酒桶，酒桶發出空洞的聲響。接著他關掉電燈，上樓來到廚房，猶豫了片刻——也有可能是猶豫再三，才把他那件絨呢長大衣披在套頭衫外面，門也沒鎖就離開了家。他身體前傾，彷彿逆風而行，去尋找他的妻子。

# 3

每逢週五下午，村子的街道上便空無一人。大家都待在家裡休息，準備晚上出去過安息日。天氣潮濕，天空晦暗，雲層低垂到屋頂。空蕩蕩的街道上飄浮著一束薄霧；道路兩旁的房屋門戶緊閉，無精打采。二月午間的風將一張舊報紙吹過空蕩蕩的街道。班尼彎腰撿起報紙，將它丟進一個垃圾箱。在拓荒者花園附近，一條碩大的雜種狗走近他，跟在他身後，齜牙咧嘴地狂叫。班尼呵斥著狗，可是狗變得憤怒起來，像要朝他撲過來。班尼彎腰抓起一塊石頭，在空中揮動臂膀。狗退縮了，垂著尾巴，遠遠地跟在他身後。於是一人一狗相隔三十來呎，沿著空曠的大街往前走，左拐到了奠基者街。這裡所有的百葉窗也都因人們午睡而關得緊實。它們大都是舊式木質百葉窗，綠漆已經褪色，有些板條甚至彎曲或掉落。

昔日曾被精心照管、而今已經廢棄的場院裡，到處可見廢棄不用的鴿房、被改成倉庫的羊圈，波浪鐵皮穀倉附近是長滿雜草、年久失修的卡車，或者是不再使用的狗窩。班尼的主臥房窗外也有兩棵巨大的老棕櫚樹。可是應娜娃要求，它們在四年前就被雙雙砍掉，因為臥室窗外風吹棕櫚的窸窣聲響讓她夜不成眠，害她感到暴躁和憂傷。

這一帶有些院子裡種著茉莉和文竹，有些院子裡則雜草叢生，高大的松樹在風中竊竊私語。班尼．阿弗尼像平時一樣前傾著身子，沿先驅者街和以色列部落街行走，穿過紀念公園，在那張長椅旁停了一會兒。阿迪勒說過，娜娃要他送那張寫著「別擔心我」的便條到臨時辦公室給班尼時，就曾在那張長椅上坐過。

班尼停住腳步。那條狗也在離他三十呎遠的地方停了下來。現在牠既不狂叫，也不齜牙咧嘴了，而是以某種智慧、好奇的樣子看著班尼．阿弗尼。他們二人在台拉維夫還是學生，尚未結婚時，娜娃就懷孕了。她那時正在接受教師培訓，而他正在唸商科。他們立刻一致同意終止這不期而至的懷孕。娜娃約了利恩斯街一家私人診所的醫生，但在約定時間的兩小時前，她改變了主意，頭靠在他胸脯上哭了起來。然而他不肯放棄，請求她理智一些。別無選擇啊，畢竟，整個手術不過像拔掉一顆智齒。

後來，他在街對面的一家咖啡館等她。他看了兩份報紙，甚至連體育版增刊都看了。不到兩個小時，娜娃出來了。她臉色極為蒼白。他們乘計程車回到學生宿舍。六七個吵吵鬧鬧的男女同學在那裡等著班尼．阿弗尼。他們依約來與班尼見面。娜娃躺在房間角落的床上，用被子把自己從頭蓋到腳，可是爭吵聲、叫嚷聲、玩笑聲，還有煙味朝她襲來，她感到虛弱、噁心。她摸索著走過聚會的同伴，倚靠牆壁支撐自己，去到了洗手間。她頭暈目眩，麻醉藥效力已過，疼痛再度襲來。她在洗手間看到有人吐在地板和馬桶座上，忍不住也吐了起來。她站在那裡哭了很久，雙手抵在牆上，頭靠在手上，渾身發抖。直到吵吵嚷嚷的客人離開，班尼才找到她。他摟住她的肩膀，輕輕把她扶到床上。兩年後，他們結婚了，但是娜娃總是無法懷孕。醫生們採取了各種治療方法幫助他們。又過了五年，雙胞胎姐妹尤芭爾和英芭爾才出生。娜娃和班尼從未談過台拉維夫學生宿舍的那個下午，彷彿他們有默契，沒必要談起。娜娃在學校教書，閒暇時用泥土雕塑怪獸和斷了鼻梁的拳擊手，在倉庫的窯裡將它們燒製成形。後來，班尼．阿弗尼當選為特里蘭村村長。村民們幾乎都喜歡他，因為他不擺架子，樂於傾聽，不過，他也懂得怎樣讓別人在不知不覺中按照他的意願行事。

# 4

在猶太會堂街的轉角，他停了一會兒，轉身去看那隻狗是否還跟著他。狗站在一座院門旁，尾巴夾在雙腿中間，張著嘴，耐心而好奇地看著班尼。班尼輕輕地叫牠過來。狗豎起耳朵，粉紅色的舌頭垂下來。牠似乎對班尼很感興趣，但情願與他保持距離。此時，村莊外圍看不到半個活物，既沒有貓，也沒有鳥，只有班尼和雜種狗。濃雲低垂，幾乎觸到了柏樹梢。

水塔矗立在三個混凝土支架上，旁邊有個防空洞。班尼・阿弗尼試了試防空洞的鐵門，發現門沒鎖。於是他走下了十二級台階。潮濕凝滯的氣流觸及皮膚。他摸到了電燈開關，但沒有電。即使如此，他還是走進黑暗的空間，在隱約可辨的物體中摸索著往前走：那是一堆床墊或摺疊床，還有破爛的櫥櫃。他深吸了一口沉悶的空氣，摸索著穿過黑暗回到台階上，經過電燈開關時又試了一下。還是沒電。他關上鐵門，回到空曠的大街。

這時候，風差不多停了，但是依舊霧靄沉沉。一座座老房子的外貌已經不成樣子了。有些房子已經有百年以上的歷史，牆上的黃色灰泥剝落了，留下髒兮兮、光禿禿的補丁；它們的院子裡矗立著灰色的松樹；房屋之間以柏樹圍籬分隔開來。其間，在雜草、蕁麻、鐵線草和牽牛花叢中，可看到一台生鏽的除草機或者破裂的洗衣盆。

班尼．阿弗尼輕輕地吹著口哨，但雜種狗依舊與他保持著距離。他走到建於二十世紀初、村莊創始之際的猶太會堂前面，那裡有個布告欄，上面釘著廣告，包括當地電影院放映的影片、釀酒廠產品，以及有班尼簽名的村委會通知。班尼在布告欄前逗留了片刻，看著這些通知，但由於某種原因，這些通知在他看來冗長累贅、錯誤百出。他覺得他似乎瞥見大街轉角處有個佝僂的身影，但走近一看才發現只是薄霧中的灌木。猶太會堂頂上有一個金屬九枝燭台，門上雕刻著獅子和大衛星。他走上五級台階，推了推大門，門沒鎖。裡面幾乎一片漆黑，空氣冰冷，灰塵瀰漫。約櫃前垂掛著簾子。日光燈暗淡的燈光映照出「我把上帝擺放在我面前」幾個字。班尼．阿弗尼藉著半明的燈光在會堂的長椅中徘徊，而後上樓來到女座。黑色封皮的祈禱書散落在長椅上。汗水味和舊書的氣味朝他襲來。他伸手撫摸一條長椅的後背，好像有人在那兒留下了一條披肩或頭巾。

班尼・阿弗尼從猶太會堂出來時，發現那條狗正在台階下面等他。他跺著腳說：「去，滾開。」狗戴著有身分標籤的頸圈，往一側歪了歪腦袋，張嘴大口喘氣，似乎在等待一個解釋。但沒有任何解釋。班尼轉過身，繼續往前走。他弓著背。那件走樣的套頭衫從長大衣裡露了出來。他大步走著，身體像船頭一樣破浪前進。那隻狗沒有棄他而去，但依然保持著距離。

她能去哪裡呢？也許她正拜訪某個親密的女性朋友，延誤了回家的時間；也可能，她被某些緊急事件纏身，在學校裡出不來；但也可能，她正在診所裡。幾個星期前，她在一次爭吵時說他的友善只是一副面具，面具的背後隱藏著冰凍的荒原。他沒有回答，而是露出深情的微笑——她跟他發火時，他總是這個樣子。娜娃怒氣沖沖地說：「你什麼都不關心，不關心我，不關心女兒。」他繼續深情地微笑，一隻手放在她的肩膀上，可是她用力地把那隻手甩開了，轉身離去，啪的一聲關上了房門。一小時後，他端著一杯蜂蜜薄荷茶到她的工作室，他覺得她感冒了。其實，她沒有感冒，但還是接過茶杯，聲音平靜地說：

「謝謝你。你真的不必這樣。」

# 5

也許，當他置身薄霧中，在街上漫無目的地行走時，她已經回到家了？他想回家，但是一想到空無一人的房子，尤其是想到空蕩蕩的臥室床腳放著她那雙如同兩隻玩具船的彩色拖鞋，回家的念頭便被遏止了。他決定繼續往前走。他肩膀前傾，沿著藤蔓街和塔爾派特街行走，來到娜娃教書的小學。就在一個月前，他親自和村委會的對手，甚至和教育部展開論戰，成功獲得資助，要建造四間教室和一間寬敞的健身房。

週末，學校的鐵門上了鎖。學校建築和操場四周圍了一圈鐵欄杆，欄杆上是鐵絲網。班尼．阿弗尼繞著學校轉了兩圈，直到發現一個地方可以翻到操場上。他往道路對面看著他的狗揮了揮手，然後抓住鐵欄杆，縱身一躍，同時把鐵絲網推向一邊——但是，他在過程中擦傷了自己，他連滾帶爬進了操場，落地時扭傷了腳踝。他一瘸一拐地穿過操場，受傷的左手鮮血直流。

從側門進入教學樓，他發現自己來到一條長長的走廊。走廊兩側有幾個教室門口敞開著，裡面瀰漫著汗水、食品和粉筆的味道，地板上是未清掃的碎紙片和橘子皮。班尼走進一間房門半開的教室，在教師桌上發現一個髒兮兮的黑板擦和一張從練習本上撕下來的紙，紙上亂塗著幾行字。他審視著字跡：確實是女人的筆跡，但不是娜娃的。班尼．阿弗尼把已經沾了他血跡的字條放回書桌，轉身看黑板，黑板上的字出自同一個女人之手：寧靜的鄉村生活與喧鬧的城市生活之比較，請最晚在週三前完成。下面還寫著：請回家仔細閱讀下面三章，準備回答課後問題。牆上掛著希歐多爾．赫茨爾、國家總統和總理的照片，也掛著一些帶有插圖的海報，比如熱愛自然者保護野花的海報。

桌椅七橫八豎，好像學生們聽到下課鈴響後急著離開，把桌椅推到了一邊。窗台花箱中的天竺葵楚楚可憐，未得到妥善照管。講桌對面的牆上掛著一張大幅以色列地圖，位於梅納什山中的特里蘭村被用綠筆圈起來。一件孤零零的毛衣掛在衣帽鉤上。班尼．阿弗尼離開教室，一瘸一拐地在走廊上逗留。受傷的手上滴落的鮮血表明他從那裡經過。當他來到第一條走廊盡頭的廁所時，不由自主地進了女廁。他發現女廁的氣味與男廁不同。女廁裡有五個小隔間。班尼．阿弗尼檢查了每個隔間的門後，甚至察看了清潔櫃。然後他往回走，來到一條走廊，又經過另一條走廊，最後來到教師休息室。他在這裡停留片刻，用手摸了摸金屬牌上的字跡：「教師休息室。學生未經允許不得進入。」有那麼一刻，他覺得緊閉的門裡正在舉行某個會議。他怕打擾了眾人，然而也渴望打斷會議。可是休息室裡空空如也，一片黑暗，緊閉的窗戶上拉著窗簾。

休息室裡面的兩邊分別擺著兩排書架，中間是一張大桌子，周圍放著二十幾把椅子。桌上亂七八糟地擱著空的或半空的茶杯、咖啡杯，還有書本、課程表、列印文件和筆記本。窗戶那邊有個大櫃子，每位老師都有一個抽屜。他找到了娜娃·阿弗尼的抽屜，把抽屜拉開，放在桌子上。裡面放著一疊作業本、一盒粉筆、一小盒喉糖，還有一個空的太陽眼鏡盒。他思忖片刻，把鏡盒放回原處。

班尼·阿弗尼注意到，一條放在椅背上的圍巾看起來很眼熟。可是光線太暗，他無法確認圍巾是不是娜娃的。他撿起圍巾，擦掉手上的血，然後把圍巾摺起來，裝到大衣口袋裡。而後他離開休息室，一瘸一拐地走上一條幾個房門都敞開的走廊，接著又走上另一條走廊。他邊走邊往教室裡看，推了推醫護室的門，是鎖著的。他掃了一眼警衛辦公室，最後從進門時沒走過的一扇門出來，離開了教學樓。他跛著腳穿過操場，爬上欄杆，把鐵絲網推向一邊，而後跳到大街上，這一次撕破了上衣。

他站在那裡等待了片刻，不知道自己究竟在等待什麼，直到看見那條狗在對面離他三十呎遠的人行道上熱切地看著他。他想走上前去撫摸那條狗，可是狗站了起來，慢慢往前走，保持著原來的距離。

## 6

他跟在狗後面，一跛一跛地在空蕩蕩的大街上走了約莫十幾分鐘。那隻流血的手上包著從教師休息室裡拿來的圍巾。這條格子圍巾也許是娜娃的，也許只是某條與她的相像的圍巾。灰濛濛的低矮天空與樹梢糾纏在一起。一道道薄霧灑進院落。他感覺到有小雨滴落在臉上，可他不能確定，也不在乎。他瞥了一眼矮牆，認為自己看到了一隻鳥，但走近才發現那不是一隻鳥，而是一個空罐頭。

他在兩排高大的九重葛圍籬間的窄巷裡穿行。最近他批准了重新修築這條小巷，甚至在某天早晨還過來檢查進度。他從小巷走到猶太會堂街。狗在前面引路。這一次光線更加昏暗。他思忖著是否直接回家：她現在也許已經回家了，也許正躺下休息，不知他去了哪裡，也許……誰知道呢，說不定還正在為他擔心呢。可是一想到那空蕩蕩的家，他便不寒而慄，繼續一跛一跛地跟著狗前行。狗一直往前走，沒有往後看。牠的鼻子低垂著，好像在嗅聞路面。很快的，也許在夜幕降臨之前，就會下起大雨，洗滌灰塵繚繞的樹木，洗滌所有的房頂和人行道。他想到可能發生或是現在似乎不會發生的事，任由思緒將他帶往他處。娜娃過去經常和兩個女兒一起坐在後門廊，俯瞰檸檬樹，輕聲細語地和她們聊天。她們聊什麼，他從來不知道，也沒興趣知道。現在他想知道，可是又無從知曉。他覺得自己必須做出決定，儘管以前他每天都做了許多決定，但這一次他對自己產生了懷疑。實際上他不知道自己該做什麼。此時，狗停住腳步，坐在他前面三十呎遠的人行道上。他也在紀念公園前停了下來，坐在長椅上。妻子兩三個小時前顯然就坐在那裡，讓阿迪勒送便條紙到臨時辦公室給他；因此他就坐在長椅中間，流血的手上包著圍巾。細雨開始飄落，他扣上大衣釦子，坐在那裡等待他的妻子。

# 陌路

# 1

傍晚時分，鳥兒叫了兩遍，其意味讓人無從得知。微風和煦，又漸漸止住。老人搬出椅子，坐在門口觀看著路人。不時有汽車開過，消失在公路拐彎處。一個女人緩緩走過，她拿著一個購物袋，從雜貨店回家。一群孩子在街上吵吵嚷嚷，他們走過之後吵嚷聲便消失了。一條狗在山坡後方吠叫，另一條狗回應著牠。天空變得灰濛濛的，只有透過西邊成蔭的柏樹可看到落日的餘暉；遠處的山巒顯得黑黝黝的。

考比·愛茲拉，一個鬱鬱寡歡的十七歲少年，站在一棵樹幹被刷成白色的桉樹後等待。他身材纖細，看上去有些虛弱，雙腿瘦骨嶙峋，皮膚黝黑，臉上總流露出憂傷驚奇的神色，彷彿不久之前經歷了一場令人不快的意外。他身穿一條沾滿灰塵的牛仔褲，還有一件印有「三大巨人節」字樣的T恤。他感到困惑迷茫，因為他無可救藥地墜入了情網；他所愛的女人年紀幾乎比他大一倍，也已經有一個情人，所以他懷疑對方對他只是禮貌的同情。他希望她能夠猜出他真正的心思，但又怕一旦猜出，她就會拒絕他。今天晚上，如果她男朋友沒開油罐車過來，他就會主動提出陪她從上白天班的郵局走到她上晚班的圖書館。也許這次他終於可以說點什麼，讓她瞭解他的情感。

在郵局總管郵政事務的雅達・德瓦什，也是特里蘭村的圖書館管理員。這個三十多歲的離婚女子，身材不高卻很豐滿，總是帶著歡喜，笑臉迎人。她長髮披肩，垂到左肩的頭髮比右肩的多一些。走路時一對碩大的木質耳環擺來擺去。一雙褐色的眼睛讓人感到溫暖，其中一隻有點瞇瞇眼，為她平添了幾分魅力，好像她故意瞇起眼睛，有些俏皮的樣子。她喜歡在郵局和圖書館的工作，向來恪盡職責，一絲不苟。她愛吃夏季水果，酷愛輕音樂。每天早晨七點半，她開始分揀郵件，把信件和包裹放到居民的信箱裡。八點半她打開郵局門，開始營業。一點鐘，她鎖門回家吃飯休息，五點至七點又在郵局開門營業。七點一到，她就會鎖上郵局的門，然後在每個週一和週三直接前往圖書館。在郵局就只有她一個人，處理信件、包裹、電報和掛號信，熱情歡迎顧客前來購買郵票和航空郵簡，支付帳單或罰金，登記購買汽車或出售車子。大家都喜歡她隨和的態度。如果櫃台無人排隊，他們會逗留片刻，和她聊天。

村子很小，來郵局的人不是很多。多數人只是來檢查固定在外牆上的郵箱裡有無信件，便離開了。有時一個小時或者一個半小時，都沒人走進郵局，雅達·德瓦什就獨自坐在櫃台旁分揀信件，填寫表格，或者把郵包排列整齊。村裡人說，有時會有一個兩道濃眉聚在一起的四十多歲男人前來看她。他不是村裡人，高大魁梧，總是身穿藍色工作服，腳穿工作靴。他總是把油罐車停在郵局對面，然後坐在入口處的長椅上等她，把一串鑰匙拋向空中，再單手接住，自娛自樂。每當他把油罐車停在郵局對面或她家門前時，村民們就說，雅達·德瓦什的男朋友又來度蜜月了。說此話並非出於惡意，而是幾乎滿含深情，因為雅達·德瓦什在村裡頗受歡迎。四年前，她丈夫與她分手時，村裡人多數都站在她這邊，而不是他那邊。

## *2*

男孩藉著暮色，在桉樹下找到了一根木棍。他一邊等待雅達·德瓦什忙完郵局的工作，一邊用木棍在地上畫出男男女女的形狀，畫得有些變形，好像他在畫畫時滿懷著厭惡。光線越來越暗，因此沒人能看見這些人物畫；實際上連他自己都幾乎看不到。後來，他用拖鞋抹掉了這些人形，揚起了一股塵土；在此同時，他設法找到合適的字眼，以便在陪同雅達．德瓦什從郵局走向圖書館時與她交談。以前有兩次像這樣偶然的機會，他熱情洋溢地說起自己酷愛書本與音樂，卻沒能傳達出真實的情感。也許這次他應該和她談論孤獨？可是她也許會形成一種印象，認為他是在說她離婚的事，覺得自己被冒犯，或是被傷害。上次她跟他說喜歡聖經，每天晚上睡覺前都要讀個一章。因此這一次或許可以從聖經裡的愛情故事說起？談談大衛，談談大衛對掃羅女兒米甲的愛？或者談談《雅歌》？可他對聖經知之甚少。他害怕談論自己不懂的主題會被雅達輕視。最好和她談談動物：他喜歡動物，與動物非常親近。比如，他大概可以談某種鳴鳥的交配習性。也許他可以用鳴鳥來暗示自己的情感。可一個十七歲男孩和一個三十歲女人在一起會有什麼希望？也許至少能喚起某種憐憫。憐憫之於愛，就像映照在水窪裡的月亮之於月亮本身。

此時，光線更暗了。有幾位老人仍坐在家門前的椅子上打盹，或者兩眼盯著前方，但多數老人都收起椅子，回家去了。街上空空蕩蕩。村周圍山上的葡萄園裡響起了胡狼的嚎叫。村裡的狗狂叫著予以回應。遠處傳來一聲槍響，劃破了黑暗，隨之而來的是蟋蟀響成一片的唧唧聲。再過幾分鐘，她就會出來，鎖上郵局門，走去圖書館。你會從陰影中現身，像前兩次那樣詢問是否可以與她同行。

上次她借給他的《戴洛維夫人》，他還沒看完。可是他想再借一本，因為他計畫整個週末都用來看書。「你沒有朋友嗎？不打算去玩嗎？」沒有，他肯定沒有朋友，沒有計畫。他寧願待在家裡看書，或者聽音樂。他學校的同學喜歡吵吵鬧鬧，喜歡鬧哄哄的環境，而他喜歡安靜。這一次他要這樣跟她說。她會由此看出他的與眾不同。「你為什麼總是和別人不一樣呢？」父親老是這樣問他。而母親每天晚上進他的房間，檢查他是否還有乾淨的襪子可穿時，都會說：「你應該出去，做些運動。」一天晚上，他把自己鎖在房間裡；第二天，父親便沒收了鑰匙。

他此時用木棍刮擦著刷了石灰的桉樹樹皮，接著摸摸下巴，看看兩小時前刮的臉是否有刮乾淨。他的手指從下巴摸向臉頰和額頭，把自己的手指想像成她的。快七點時，從台拉維夫來的公車到了，停在村委會辦公室前。考比躲在桉樹後，看到人們拎著大包小包走下公車。他在人群中認出了斯提納醫生，也認出了他的老師拉海爾．弗朗科。她們談論著拉海爾的老父親，說他出門去買一份報紙，忘記了回家的路。她們說話的聲音傳到他耳朵裡，但他聽不懂她們兩個在說什麼，也不想知道。人群散去，聲音也消失在遠方。又可以聽到蟬鳴了。

七點整，雅達・德瓦什從郵局出來。她鎖上門，也鎖了扣鎖，順手檢查是否鎖牢，然後穿過空蕩蕩的大街。她身穿一件寬鬆的夏裝和一條輕薄的大襬裙。考比・愛茲拉從藏身處冒了出來，聲音輕柔，像害怕嚇著她：

「又是我。考比。可以和你一起走走嗎？」

「晚安。你在這裡站多久了？」

考比想撒謊，但不知為什麼竟然說了實話：

「我在這裡等了你半個小時，甚至還更久些。」

「你為什麼等我？」

「不為什麼。」

「你可以直接去圖書館啊。」

「當然。但我更願意在這裡等。」

「你是來還書的嗎？」

「我還沒看完呢。我來是想請你再借我一本書，週末時候看。我會把兩本都看完。」他就這樣一邊陪她走上奠基者街，一邊告訴她。他幾乎是他們班唯一讀書的男生，其他男生都沉迷於電腦或運動。女生呢——對，有些女生會讀書。雅達．德瓦什一清二楚，但不想提起，免得讓他難堪。他一直在她身旁滔滔不絕，像在擔心什麼，怕一停下來，就會被她發現他的祕密。其實，她早已猜出了這個祕密，只是不知道怎樣才能不傷害他，又能免於誤會。她不得不告訴自己，不要伸手撫摸他的頭髮。他的頭髮剪得短短的，只在前面留了一縷瀏海，多了幾分孩子氣。

「你沒有什麼朋友嗎？」

「男生都很幼稚，像我這樣的人對女生又沒有吸引力。」

接著他突然加了一句：

「你也和別人不太一樣。」

她暗暗地笑了，但她只是拉了一下有些歪斜的上衣領口。她走路的時候，那副木質大耳環來回擺動，好像有自己的生命。考比繼續說個不停，現在他在說社會缺乏信任，甚至蔑視真正有價值的人。他一邊說，一邊感到有一種衝動，想要去摸摸走在身邊的女人，不管是輕輕地撫摸還是短暫地觸碰。他伸出手，指尖幾乎碰到了她的肩膀，但是在最後一刻，他又縮回手指，握緊拳頭，垂下了手臂。雅達．德瓦什說：

「這家院子裡有一隻狗。有次牠追我，咬了我的腿。我們走快一點。」

當雅達提到她的腿時，男孩的臉忽然漲紅了。他很高興的是現在天很黑，她不會注意到——可是，她確實注意到了什麼；不是注意到他臉紅了，而是注意到他突然陷入沉默。她輕輕地碰了碰他的後背，問他《戴洛維夫人》怎麼樣。考比開始激動地談起此書，聲音顫抖、緊張，好像正在坦白自己的情感。他花了很多時間談《戴洛維夫人》，也談到其他的書。他認為人生只有忠於某種主張或情感，一切均圍繞這種主張或情感進行時，才有意義。雅達．德瓦什喜歡他精妙的用詞，但不知道這是不是他如此孤獨、顯然從未交過女友的原因。他們來到圖書館時，他還在滔滔不絕。圖書館位於文化廳後翼的一樓。他們從側門走了進去。時間七點半，雅達建議為他們兩人煮個咖啡。考比開始嘟囔：「不，謝謝，不需要，真的。」但是他隨即改變了主意：「其實——為什麼不要呢？謝謝你。」他還問說，有沒有什麼是他可以幫上忙的。

# 3

明亮的白色燈光把圖書館照得通明。雅達打開空調。空調啟動時發出輕柔的咯咯聲響。圖書館裡排列著漆成白色的金屬書架，所占空間不大。書架之間開設了三條平行通道，雖然燈光也照到這裡，但沒那麼明亮。入口附近有張辦公桌，桌上有電腦、電話、一疊小冊子和期刊、兩堆書，還有一台舊的收音機。

她走進一個走道（走道另一頭設有洗滌槽和通往廁所的入口），就這樣從他的視線中消失。她在那裡把水壺灌滿，通上電。等水燒開的同時，她打開電腦，讓考比捱著她坐在辦公桌後面。

他垂下眼簾，看見她的檸檬色裙子沒有蓋住膝蓋。看到她的膝蓋，他的臉又紅了。他雙臂放到大腿上，轉念一想，又交叉抱在胸前，最後把一雙手放到了桌子上。她看著他。他感覺到她左眼輕輕一瞥，似乎在對他使眼色，好像在說：「沒那麼糟糕吧，考比。你又臉紅了。」

水開了。雅達・德瓦什沖了兩杯黑咖啡，問都沒問，就往咖啡裡放了糖。她把一杯咖啡推向他。她看到他的T恤上寫著「三大巨人節」，不知道這是哪種節日，三大巨人又是誰。時間已經是七點四十分，沒有人來圖書館。辦公桌一頭放著上星期收到的五六本新書。雅達操作給考比看，她都如何把新購置的圖書在電腦裡編目，如何給圖書加蓋圖書館的印章，如何給圖書加一層耐用的塑膠薄膜，如何在書脊上貼書號標籤。

「從現在開始，你就是圖書館助理員了，」她又加了一句，「告訴我，你家裡沒有人等你回去嗎？吃晚飯啊？也許他們正在為你擔心了。」她瞇著的左眼深情地眨動著。

「你也沒吃晚飯呀。」

「可我會等圖書館關門後才吃。我從冰箱裡抓些吃的，邊吃邊看電視。」

「等一下我再陪你從這兒走回家。你就不用一個人摸黑走路了。」

她對他微笑，把自己溫暖的手放到他手上。「不需要，考比。我的住處離這裡只有五分鐘路程。」

她的手一碰到他，他便感覺從脖頸到脊梁骨湧起一陣甜蜜的顫抖。但是，他從她的話裡推斷出她的男朋友，那個開油罐車的司機，一定在家裡等她。即使現在不在，她也許期待著他夜裡晚些時候會來，因此她不需要他陪伴走回家。可不管怎麼樣，他會像條狗一樣，跟著她走到她家的台階。等她關上房門，他會留下來坐在台階上。這一次他也會握著她的手道晚安。當她把手放在他手裡時，他會輕輕地握兩下，這樣她就明白了。這個世界在他眼裡是如此糟糕、畸形、可鄙——一個油罐車司機竟然比他有優勢，只是因為他年紀大。他想像中突然閃現出油罐車司機的樣子：兩道濃眉聚在中間，肥大的手指從前面插進她的襯衫。這幅幻象令他感到欲望和恥辱，夾雜著極度的憤怒，並想做些什麼去傷害她。

雅達的眼角瞥見他，像是注意到了什麼。她建議他去書架那裡走走：她可以給他看各式各樣小寶貝，比如愛勒達德．魯賓的書稿，稿紙邊有他本人校訂時的眉批筆跡。但他還沒有回答，兩個老太太就走了進來，其中一位矮胖的，身穿寬鬆的中長褲，頭髮染成了紅色；另一位一頭短短的灰髮，眼睛凸凸的，戴了一副深度眼鏡。她們是來還書的，想再借幾本新書。她們兩人聊著，也和雅達聊整個國家都在談論的一部新出版的以色列小說。考比逃進了一條走道。他在一個低矮的書架上發現了維吉尼亞．吳爾芙的《燈塔行》。他翻到書中間，站在那裡看了一兩頁，不去聽她們的談話。但是女人們的聲音傳到他的耳裡。他發現自己無意中聽到她們的對話。

「假如你想聽我的說法，」她們其中一人說：「我認為他在不斷地重複自己。他一遍遍地都寫同一種題材，沒什麼變化。」

「連杜斯妥也夫斯基和卡夫卡也都在重複，」她的朋友說：「這又有什麼關係？」

雅達微笑著說：「有些作家會不斷重複某個主題或母題，是因為，這些東西就是作家的生命之源。」

當雅達說到「生命之源」時，考比感到某種東西擠壓著他的心。在那一刻，他很清楚她是要他無意中聽到這個詞，她實際上是在和他說話，而不是在和老太太說話，她試圖說明他們內心深處同源。他在想像中走近她，用手臂摟住她的肩，把她的頭靠在自己肩膀上，因為他比她高一個頭。他能夠感受到，她的雙乳貼著他的前胸，她的腹部貼著他的腹部，接下來那幅景象令人鑽心地疼痛，無法忍受。

女人走後，他在原地待了一會兒，等身體平靜下來。他用比平時更深沉一些的聲音對雅達說，他還要再跟她待一會兒。與此同時，她在電腦裡輸進兩個女人還書與借書的記錄。

現在，雅達．德瓦什和考比並肩坐在辦公桌旁，好像他也在圖書館工作。兩人一聲不吭，只有空調的嗡嗡聲和燈管的吱吱聲打破沉寂。他們談起第二次世界大戰局勢正緊迫時投河自盡的維吉尼亞·吳爾芙。雅達說無法理解有人會在戰爭期間自殺，很難想像她沒有一點參與意識，絲毫不想知道結果如何，或是誰能在那場可怕的戰爭中取勝，那影響力可是攸關全世界的人。她甚至都不想知道她自己的國家——英國——是會倖存下來，還是會被納粹占領嗎？

「她感到絕望。」考比說。

「那正是我不能理解的。」雅達說：「因為總會有一件東西對你是珍貴的，你不想與它分離。哪怕是一隻貓或一條狗，或者你喜歡的扶手椅、雨中花園的景色，或者窗外的落日。」

「你是個快樂的人。絕望顯然與你格格不入。」

「不，不是格格不入。但是絕望也不吸引我。」

一個二十多歲戴眼鏡的女孩走進圖書館。她屁股圓滾滾的，身穿花上衣、緊身牛仔褲。明亮的白色燈光刺得她瞇起眼睛。她對雅達微笑，也對考比微笑，問考比是不是要做圖書館助理員。她希望找些有關一九三六至一九三九年事件，即阿拉伯起義的資料。雅達帶她到存放以色列歷史和中東歷史類圖書的書架。兩人抽出一本本書，查看目錄。

考比走向廁所旁邊的洗滌槽，清洗兩個咖啡杯。辦公桌上的時鐘指向八點四十分。又一個晚上即將逝去，你還沒向她表露你的情感。這一次你不能讓機會溜走。當你們兩人再次單獨相處時，你必須拉住她的手，直視她的眼睛，然後告訴她——可是你究竟要告訴她什麼？要是她哈哈大笑怎麼辦？或者相反，要是她驚慌著縮回手怎麼辦？也許她會對你說抱歉，把你的頭貼在她的胸前，撫摸你的頭髮，把你當成孩子。對他來說，憐憫比拒絕更為可怕。他很清楚，如果她對他表現出歉意，他會控制不住放聲大哭。他沒有辦法制止自己的眼淚。那樣，一切就會結束，他會從她身邊跑開衝向黑暗。

這時候，即使咖啡杯已經乾了，他還是用洗滌槽旁掛鉤上的抹布擦個不停，邊擦邊盯著一隻不顧一切朝燈管撲去的飛蛾。

# 4

戴眼鏡的女孩說聲謝謝就離開了。她用一個塑膠袋拎了五六本關於阿拉伯起義的書。雅達把辦公桌上的圖書卡片資訊輸入電腦。她向考比解釋，其實每次只能借兩本書，可是那女孩十天後要提交論文。

「馬上就九點了，」雅達說，「我們要鎖門回家了。」

聽到回家兩個字，考比的心開始在胸膛裡猛跳，似乎這兩個字裡包含著某種祕密承諾。接下來他翹起二郎腿，因為他的身體又開始興奮，威脅著要讓他難堪。一個內在的聲音對他說，來吧恥辱，來吧嘲笑，來吧遺憾。他不能放棄，他要告訴她。

「雅達，聽我說。」

「什麼事？」

「你介意讓我問個私人的問題嗎？」

「你說。」

「你愛過什麼人，可他無法用愛來回報你嗎？」

她立刻看出他要把話頭引向哪裡。她喜歡這個男孩，但有責任慎重地對待他的感情。她在二者之間猶豫片刻。除此之外，她也感到自己有脫口說出同意的模糊衝動。

「有，但那已經是很久以前的事了。」

「你會怎麼辦？」

「就像所有女孩會做的那樣。我吃不下飯，夜裡哭泣，開始穿漂亮、吸引人的衣服，接著故意穿得無精打采。直到一切過去。會過去的，考比，儘管在一時片刻它看起來似乎會永遠持續下去。」

「可是我——」

另一位讀者走了進來。這次是一位大約七十五歲的老太太，體型乾枯而手腳輕快，她穿著一件對她來說有些過於年輕的淺色夏裙，瘦骨嶙峋的褐色手臂上戴著銀手鐲，脖子上戴著兩排琥珀珠子。她向雅達打招呼，好奇地問：

「這個有魅力的年輕人是誰呀？你是怎麼找到他的？」

雅達微笑著說：

「這是我的新助手。」

「我認識你，」老太太說著朝考比轉過身去，「你是開雜貨店的維克多．愛茲拉的兒子。你是義工嗎？」

「是的。哦，不是，其實是——」

「他是來幫我忙的。」雅達說：「他喜歡書。」

老太太還了一本外文小說，詢問她是否可以借閱那本大家都在談論的以色列作家的書。先前來的兩個女人也已經登記申請了。雅達說有很多人在預約，因為圖書館只有兩本。

「麗莎，我把你放在預約者名單好嗎？大概需要一兩個月。」

「兩個月？」老太太說，「那時他就又寫完一本小說了。又一本小說，更新的小說。」

雅達勸她先借一本西班牙文翻譯小說來看，因為那本評價很好。不過老太太聽了就離開了。

「真是個讓人不舒服的老太太啊。」考比說：「還是個長舌婦。」

雅達沒有搭腔。她翻看著老太太還的那本書。考比感受到一種突如其來、幾乎難以忍受的急迫。這裡又只剩下他們兩個人了。但是再過十分鐘，她會說關門的時間到了，而機會就又失去了，也許就這一次機會了。他突然憎恨起炫目的白色燈光，它就如同牙醫的燈，感覺像是在阻止他向她表白。

「我們來看看你是否真能做我的助手，」雅達說，「你可以記錄一下麗莎剛借走的那本書。還有她剛還的這本。我來教你怎麼操作。」

可是她把我當成什麼了？她覺得我就是個小孩子。她讓我玩一會兒她的電腦，然後讓我去睡覺？她怎麼這麼蠢？她什麼都不懂嗎？一點也不懂？他突然感到怒不可遏，有種盲目的衝動，想去傷害她，咬傷她，粉碎她，扯下她那副大大的木質耳環，讓她清醒，讓她明白自己做了什麼。

這時，她意識到自己犯了一個錯，於是把手放在他的肩膀上說：

「夠了，考比。」

她用手觸摸他的肩膀，令他眩暈，但也令他難過，因為他知道她只是在設法安慰他。他轉過身，雙手放在她的耳環下方，使勁地把她的臉轉過來。他不敢把嘴唇湊上去，只是久久地維持這個動作，看著他用雙手捧著的這張臉，兩眼死死盯著她的嘴唇，那嘴唇既沒有張開，也沒有緊閉。在耀眼的白色燈光下，她臉上露出他未能識別的表情。看樣子她沒有受到傷害或者冒犯，他想，她是憂傷的。他輕柔而堅定地抓住她的頭，把自己的嘴唇靠向她的唇，整個身體在欲望和恐懼中顫抖。她沒有抗拒他，也沒有試圖掙脫他的手，而是等待。最後她說：

「考比，我們該走了。」

他放開她的臉，眼睛還在看著她。忽然，他往後退了一步，用顫抖的手指尋找電燈開關。燈立刻滅了，整個圖書館一片漆黑。現在——如果你現在不跟她說，你會後悔一輩子。永遠後悔。他這麼對自己說，整個人陷入欲望與情感的衝突中，感到一種想要庇護她、保護她的朦朧衝動。這衝動，發自他的內心。

## 5

他展開雙臂摸尋她，發現她一動也不動地站在辦公桌後。他在黑暗中靠近她，不是臉對臉，而是用臉抵住她的身體一側，胯部壓住她的腰部，與她形成T字。黑暗賦予他勇氣，他親吻了她的耳朵和鬢角，可是不敢把她扳過來，只是用自己的嘴唇來搜尋她的嘴唇。她站在那裡，臂膀和雙手垂在身體兩側，既不反抗，也不配合。她思緒馳騁，想到那個胎死腹中的孩子，她在懷孕五個月出現併發症後將孩子引產生下。醫生告訴她不會再有孩子了。在接下來情緒低落的幾個月中，她為孩子的死責備丈夫，沒有任何正當理由，也許只是因為在死胎事件發生之前的某個夜晚，他和她同房過。她不需要他，但任其行事，因為她從孩提時代起，就在意志堅強的人，尤其在意志堅強的男人面前表現順從，這並非因為她生來就唯命是從，而是因為男人的堅強意志給她一種安全感、信任感、接受的感覺與屈從的願望。現在她接受了一個男孩的側面擁抱，既不鼓勵他，也不阻止他。她站在那裡一動也不動，兩條手臂垂放著，頭也垂著。她只是輕輕地嘆了口氣。考比對此不知道該如何解釋。

這是快樂的呻吟，就像他在電影中聽到的那樣，還是一種微弱的抗議？可是，一個富有想像、飽受性煎熬的十七歲青年帶著強有力的欲望，在她的胯部摩擦。因為他比她高出整整一個頭，他把她的頭拉到他的胸前，嘴唇溫柔地在她的頭髮上游移，輕輕地觸碰她的耳環，好像在分散她的注意力，要她別太關注他的胯部在對她做什麼。羞恥感並沒有抑制他的欲望，而是使之更加強烈：他知道他現在正在毀滅、踐踏他和所愛之人的關係，將其扼殺。這種毀滅令他頭暈目眩。他用手去摸她的乳房，驚恐之中用手臂摟住她的肩膀，他的胯部繼續摩擦她的髖骨，直至脊梁骨和膝蓋被快感吞沒，顫抖不已。他得靠在她身上，免得摔倒。他感到腹部濕漉漉的，於是立刻移開，以免玷污她。他就這麼站在黑暗中用力喘氣，渾身顫抖，離她很近，但沒有碰她。他的臉頰發燙，牙齒打顫。最後，雅達打破沉默，輕輕地說：

「我把燈打開。」

「好的。」考比說。

可她並不忙著開燈，而是說：

「你可以去那邊整理一下。」

「好的。」考比說。

突然，他在黑暗中喃喃自語：

「對不起。」

他摸到她的手臂，抓在手裡，用嘴唇輕觸。他再次請求原諒，隨即轉身走向門口，從圖書館的沉沉黑暗中逃到夏夜那帶有亮光的黑暗之中。半月在水塔上空升起，在屋頂、樹梢和東邊陰影迷離的山巒上灑下蒼白迷濛的光輝。

她打開炫目的白燈，一隻手拉平上衣，另一隻手撫平頭髮。開始時她覺得他只是去廁所，但是圖書館的門敞開著。她隨後走了出來，站在門階上，讓濃烈的夜晚氣息充盈她的肺腑，那氣息聞起來隱約像乾草、牛糞和某些她叫不出名字的芬芳花朵。「你為什麼離去，」她自言自語，「你為什麼走開，孩子，你為什麼如此驚駭？」

她回到圖書館裡，關上電腦、空調和白燈，而後鎖上圖書館的門回家。路上陪伴她的是青蛙和蟋蟀的歌唱，還有吹來荊棘與泥土氣息的輕風。也許那個男孩正躺在某棵大樹下再次等候她、提出陪她回家的要求；也許這一次他會有勇氣抓住她的手，或用手臂摟住她的腰。她感受到他的氣味，黑麵包、肥皂和汗水的氣味，正陪伴著她。她知道他不會再回到這裡來了，今晚不會來，也許今後任何一個晚上都不會來了。她為他的孤獨、他的懊悔以及他無意義的羞恥感到抱歉。然而，她讓他神魂顛倒，這給了她某種內在的快樂和精神的振奮，一種近乎驕傲的感覺。他向她索求甚少，要是他索求更多，她說不定不會阻止。她深深地吸了口氣，有些傷感，因為沒有對他說出一些簡單的話：「沒關係，考比，別害怕，你沒事的。現在一切都好了。」

油罐車沒在她家門外等候。她知道今夜她會寂寞。一進家門，兩隻餓餓的貓便在腳下迎接她，蹭她的腿。她朝牠們大吼，呵斥牠們，溺愛牠們，給牠們食物，把水放進牠們喝水的碗裡。接著，她進去洗手間，洗了臉和脖子，梳了梳頭。她打開電視，節目播了一半，在講北極冰冠融化以及北極生態系統的毀滅。她往一片麵包上塗抹奶油，在上面鋪一層起司，切一顆番茄，做了個煎蛋捲，然後又幫自己倒了杯茶，然後坐在扶手椅觀看關於北極生態系統毀滅的電視節目，啜飲香茶，幾乎沒有注意到她的臉頰流滿了淚水。即使當她意識到自己在流淚，她也繼續吃喝，兩眼盯著電視，只是抹了幾次臉頰。淚水沒有止住，可她覺得舒服多了。她對自己說了本想對考比說的話：「沒關係，別害怕，你沒事的。現在一切都好了。」她站起身，臉上依然掛著淚水。她抱起一隻貓，又坐下。再過十五分就十一點了，她站起身，關上百葉窗，也幾乎關上所有的燈。

# 6

考比・愛茲拉在街上遊蕩，兩次經過文化廳和家裡的雜貨店。他走進紀念公園，坐在被雨露打濕的椅子上。他不知道她現在會怎樣看他，她為什麼沒甩他兩個巴掌？想到這裡，他突然揮手狠抽自己的臉，以致傷了牙齒。他耳朵裡嗡嗡直響，左眼布滿血絲。恥辱猶如某種令人作嘔的黏稠物質充滿了他的體內。

兩個和他年齡相仿的男孩——艾拉德和沙哈爾——經過長椅，沒有注意到他。他蜷縮在那裡，整個頭埋在雙膝之間。沙哈爾說：「他們很快就會發現她撒謊，連一秒鐘也不會相信她了。」艾拉德回答說：「我是說這樣的撒謊情有可原。」他們繼續往前走，鞋子嘎吱嘎吱踩在石子上。考比想，他今晚做的事永遠不會被抹去，即使很多年過去，人生將他帶到一個他無法想像的地方；即使到大城市去找妓女，像他經常想像的那樣，任何事物都無法根除他今晚的恥辱。他本來可以和她在圖書館聊天，不去關燈。即使發狂關了燈，他本來也可以用黑暗做掩護來表達他的感情。大家都說詞語是他的強項。他可以運用詞語。他本來可以引用比阿里克或耶胡達・阿米亥情詩中的某些詩句。他本來可以坦白他本人也寫詩。他本來可以背誦寫給她的一首詩。此外，他想，她在某種程度上也有責任，因為整個晚上她對他的行為就像一個老婦人對待孩子，或者老師對待一名小學生。她假裝我沒來由地在郵局對面等她，和她一起去圖書館。實際上她對情況瞭若指掌，只是裝模作樣，免得傷害我的感情。如果她不這樣做就好了。如果她問一問我的感情就好了——儘管可能有些尷尬。如果我有膽量當面告訴她，她這樣的人沒理由跟一個油罐車司機在一起就好了。你和我情投意合，你深知這一點。我比你晚出生十五年，但我還是愛上了你，這一點無法改變。現在事情發生了，一切都毀了。永遠毀了。事實上，我的所作所為什麼也改變不了，因為結果從一開始就已經註定。我們沒有機會，你我都沒有。沒有一絲希望。也許，等我服完兵役後，我要考取駕照，去開油罐車。

他從長椅上站起身，走過紀念公園。拖鞋下的沙石小路嘎吱嘎吱響。一隻夜鶯發出刺耳的叫聲。遠處村邊一隻狗不停地叫喚。他從中午就什麼也沒吃。他感到又渴又餓，但一想到家，想到父母和姐妹們也許正黏在發出刺耳聲響的電視機前，他就心灰意冷。真的，他回到家，誰也不會和他說什麼，誰也不會問什麼；他會從冰箱裡抓些冷藏食物吃，一個人關在自己的房間內。可是在他的房間裡，廢棄的魚缸裡漂著一條死魚，那條魚一星期前就死了，還有他的床墊髒兮兮的，他在那裡做什麼呢？最好待在外面，也許整夜都在空蕩蕩的大街上遊蕩。也許最好回到那條長椅上，躺在上面，沒有擾眠的夢，就這樣一覺到天亮。

他突然興起去她家的念頭：要是油罐車停在外面，他就爬上去，往裡面扔一根火柴，於是一切都會炸得四分五裂，永永遠遠結束。他掏著口袋想找根火柴，但他知道他沒有。接著他不由自主地來到由三根水泥柱撐起的水塔前。他決定爬上水塔，這樣會離正在東邊山丘上移動的半月近一些。鐵梯的橫檔冰冷而潮濕；他迅速地爬上去，很快發現自己來到了鐵塔塔頂。這裡有獨立戰爭[16]時期的一個老觀察哨，還有破爛的沙袋和觀察孔。他走進觀察台，透過一個觀察孔向外觀望。那裡有股陳腐的尿騷味。夜晚在他面前延伸，變得廣袤、空曠。天空明亮，繁星閃爍，相互之間形同陌路，星星與自己也形同陌路。黑暗深處傳來間隔短暫的槍聲，從這裡聽來那槍聲十分沉悶。村民住房的窗戶裡仍然有燈光。偶爾他也可以從敞開的窗戶看見電視機螢幕閃動的藍光。兩輛小車從腳下的藤蔓街駛過，車前燈把一排黑漆漆的柏樹照亮。考比尋找著她家的窗戶，因為無法確定，他只好選定一扇方向近似的窗戶，決定那就是她家的窗。那房子的窗簾垂下，燈光昏黃。他知道，從現在起，他和她在大街上擦肩而過時，會形同陌路。他再也不敢跟她說半個字。她也許會躲著他。如果有朝一日他不得不去郵局辦事，她會從護欄後面的櫃台抬起頭，聲音平淡地說：

「嗯？您有什麼事？」

16 一九四八年五月，以色列建國後爆發的第一次中東戰爭。

# 歌唱

# 1

房門敞開著。冰冷潮濕的冬日空氣吹進門廳。我趕到時，已經來了約莫二十位或二十五位客人。他們當中有些人依然聚集在走道裡，相互幫忙脫掉大衣。迎面而來的是鬧哄哄的說話聲、燃燒的原木味道、濕絨毛味，還有熱騰騰的食物香味。阿爾摩斯利諾，是個身材高大的男子，戴著一副繫在細繩上的眼鏡，正朝吉莉．斯提納醫生彎下腰，親吻她的雙頰。他一隻手順著她的腰身移動，說：

「吉莉，你今天晚上真是光彩照人。」

她回答說：「你可真會說話。」

普拉姆普．庫爾曼兩個肩膀一高一低。他擁抱了一下吉莉，接著擁抱了阿爾摩斯利諾和我。他說：「見到你們大家真好。你們看到外面的雨有多大了嗎？」

我在衣架旁碰到了埃德娜和約珥．利拜科，這對年齡約五十五歲的牙醫夫妻，經年生活在一起。他們長得很像，就像一對雙胞胎：都是一頭短短的灰髮，脖子上布滿皺紋，嘴唇噘起。埃德娜・利拜科說：

「今天下暴雨，有些人來不了了。我們自己也差一點待在家裡。」

她的丈夫約珥說：「待在家裡幹嘛？冬天讓你心情抑鬱。」

那是特里蘭村一個冬天的安息日夜晚。高大的柏樹籠罩在薄霧中。客人們聚在達莉雅和亞伯拉罕・列文家，參加合唱晚會。他們家坐落在山坡上一個叫作泵房崗的小巷裡，鋪著磚瓦的屋頂上有個煙囪。房子一共兩層，還有個地窖。電燈把花園照得通亮，那裡面長著幾棵姿態沉悶的果樹：橄欖樹和杏樹。房前有一塊草坪，比鄰草坪的是一叢海棠。還有一座小假山，人工瀑布從假山流入一個裝飾性的池塘。在池底燈光的映襯下，一些沒精打采的金魚成群結隊地來回游動，而大雨卻把那水面弄皺了。

我把大衣放在側屋沙發上一大堆外衣上，走進客廳。每隔幾個星期，就有三十幾個人到列文家相聚。這些人大都在五十歲以上。每對夫婦都會帶來鹹派、沙拉或熱食。他們坐在寬敞的客廳裡。空中瀰漫著希伯來文老歌和俄文歌曲那憂鬱傷感的旋律。由尤海・布魯姆手風琴伴奏，三個中年女子則是坐在他身旁吹起豎笛。房間裡一片嘈雜。吉莉・斯提納醫生抬高嗓門宣布：「請大家坐下，我們要開始了。」

可是客人們並不急於落座；他們忙著聊天，大笑，相互拍著肩膀。一臉鬍子的大個子約西．沙宣把我安置在書架旁邊的角落裡。

「你好，最近好嗎？」

我說：「沒什麼新鮮的，你呢？」

「還是那樣，」他回答，又補充說，「沒什麼事。」

「艾緹呢？」我問。

「在那裡啊，」他說，「她身體不太好。是這樣的，他們這星期發現她身上有麻煩的腫瘤，可她不願意向任何人提起。除了……」他在此打住了。

「除了什麼？」

他卻說：「沒什麼。不重要。你看到外面的雨下得有多大了嗎？真是典型的冬日天氣。」

女主人達莉雅在屋子裡走了一圈，遞給每位客人一個複印歌本。她的丈夫亞伯拉罕背對著大家，正往火爐裡放木柴。許多年前，亞伯拉罕．列文在部隊裡是我的指揮官。他的夫人達莉雅和我一起在耶路撒冷希伯來大學學歷史。亞伯拉罕是個性格內向、寡言少語的人，而達莉雅說起話來滔滔不絕。在他們倆相識之前，我甚至和他們分別是朋友。他們結婚後，我們繼續保持著友誼。那是一種安靜、穩定的友誼，不需要不斷進行情感證明，也不仰仗我們多久見到一面。有時，一年或一年多也見不了一次面，然而他們仍然熱情地接待我。但由於某種原因，我從未在他們家過夜。

大約二十年前，達莉雅和亞伯拉罕．列文有個獨子亞尼夫。那孩子的性格有些孤僻。長到十幾歲時，他變成老是悶在自己房裡的少年。他小時候，我來串門子，他總喜歡把整個頭貼在我的肚子上，甚至藏到我的套頭衫裡面。有一次，我還給他買了隻烏龜作為禮物。四年前，大概十六歲的他有天走進父母臥室，爬到他們床下，用父親的手槍打中了自己的頭部。他們找遍整個村子，找了一天半，卻不曾意識到他就躺在他們的床下。達莉雅和亞伯拉罕甚至躺在床上睡覺，卻不曾意識到兒子的屍體就在他們身下。第二天，清潔婦來收拾房間時，發現他在那裡，身體蜷縮，如同睡著一般。他沒有留下半張字條，於是在朋友之間流傳著幾種說法；有人這麼說，有人那麼說。後來，達莉雅和亞伯拉罕為唱歌的學生設立了一個小型獎學金，因為亞尼夫有時會在村合唱團唱歌。

## 2

孩子去世一兩年後，達莉雅．列文開始對遠東的靈修感興趣，她還創辦了一個冥想團體；因為本身主管村圖書館委員會，活動地點就在圖書館。每隔六個星期，她也會在家裡舉辦合唱晚會。我過去偶爾會去參加這些晚會，因為他們認定我是個抱獨身主義的單身漢。有時我帶著各種女孩前往，大家也都會熱情地歡迎。今天晚上，我是一個人來的，給主人帶了一瓶梅洛紅酒，打算坐在我平時坐的地方，就在書架和魚缸之間。

達莉雅全心全意地投入她家舉辦的那些晚會：她負責組織、打電話、發邀請函、迎接客人、安排客人就座、指導大家唱歌本上所列的歌曲，而歌本是她自己複印的。自從悲劇發生後，她瘋狂地參加各種活動。除了圖書館委員會、冥想團體和音樂晚會外，她還加盟各種委員會，上瑜伽課，參加學習日活動、會議、工作坊、會談、講座、課程和遠足。

亞伯拉罕．列文則變得深居簡出。每天早晨六點半，他就發動車子，開車去航空研究中心上班。他在那裡負責不同系統的開發。五點半或六點下班後，他都直接回家。夏天，他換上汗衫和短褲，在花園裡忙了一個多小時，然後沖澡，獨自吃點晚飯、餵貓和金魚，安下心來邊看書、邊聽音樂，等待他的妻子回家。一般情況下，他喜歡巴洛克音樂，但有時也聽佛瑞或德布西，或者帶有內省色彩的爵士樂。

冬天，他到家時天色已黑，他會和衣躺在客廳沙發旁的小地毯上聽音樂，等去上課或赴約的達莉雅回家。到了十點鐘，他總是回他自己的房間。悲劇發生後，他們不再一起睡在原來的臥室了，而是分別住在房子兩頭的房間裡。沒有人走進以前的臥室：那裡的百葉窗永遠關著。

無論冬夏，亞伯拉罕都要在星期六太陽快要落下之際去長途漫步。他從村南開始繞村而行，穿過田野和果園，再從村北進入村子。他輕快地步行經過由三根水泥柱支撐的水塔，走過整條奠基者街，左轉進入猶太會堂街，穿過拓荒者公園和以色列部落街，再回到位於泵房崗的家中。如果碰到認識的人，他會點頭打招呼，但不會停住腳步，甚至也不減速。有時，他甚至認不出誰從身邊經過，只是埋頭繼續直線行走，因為他陷入了沉思，根本沒注意到別人。

# 3

我坐在平時坐的魚缸與書架之間的角落裡，聽到有人喊我的名字。我環顧四周，但找不到喊我的人。我右邊坐著一個五十多歲的婦女，頭髮梳了個小髮髻。我並不認識她。對面就是窗子，只看得到黑暗和雨水。左邊玻璃魚缸裡，一群熱帶魚正在游動。是誰喊我？也許是我自己的想像。與此同時，說話聲逐漸停止，達莉雅・列文正在宣布今晚的安排。十點鐘中場休息，到時會供應自助晚餐。午夜十二點整供應酒、水和乳酪。她還宣布了下次聚會活動的日期。

我朝身邊坐著的女人轉過身去，小聲自我介紹，問她是否演奏樂器。她小聲說她叫達芙娜・卡茨，說她曾演奏豎琴，但很久以前就放棄了。她沒多說什麼。她個子很高，人很瘦，戴著眼鏡，雙手似乎又細又長。她的頭髮在腦後盤成一個老式髮髻。

此時，大家開始合唱安息日夜晚的歌：〈再也看不到樹梢的太陽〉、〈安息日降臨吉諾薩爾山谷〉、〈和平天使，和平與你同在〉。我跟著唱了起來，身上湧起一股愜意的暖流，好像我一直在喝紅酒。我環顧四周，試圖弄清楚剛才誰喊我的名字，可是大家都在忙著唱歌。有的人聲音尖利，有的人渾厚，有的嘴角掛著聖潔無邪的微笑。女主人達莉雅．列文兩隻手臂抱在胸前，就像在擁抱自己。尤海．布魯姆開始用手風琴伴奏，另外三個女子吹豎笛與他合奏。其中一人發出了一個刺耳的音符，但她迅速糾正過來，找準了樂音。

唱完安息日歌曲後，輪到唱四五首關於加利利地區和加利利海的拓荒者之歌，接下來唱幾首冬天和雨的歌，因為雨依然擊打著窗櫺，滾滾雷聲偶爾震動窗玻璃，照明甚至因暴雨之故時斷時續。

亞伯拉罕．列文像平日一樣坐在門口通往廚房的通道位子上。他對自己的聲音沒有自信，因此沒有參加唱歌，而是坐在那裡閉目聆聽，好像他的任務就是挑出錯誤的音符。他時不時踮起腳尖走進廚房，檢查一下準備在中場休息吃自助晚餐時端上的、正在保溫的湯和鹹派。而後，他檢查了火爐，又低頭坐在自己的位子上，再次閉上眼睛。

## 4

然後，達莉雅讓我們大家安靜下來。她宣布：「現在，阿爾摩斯利諾為我們表演獨唱。」阿爾摩斯利諾，這位脖子上繞著一條黑色眼鏡繩的大個子男人，站起身唱〈笑吧，笑我所有的夢想吧〉。他生來就有一副深沉、溫暖的低音。當他唱到「我從來不對人失去信賴時」，聽起來就像他在痛苦地向我們訴說，說他發自內心的痛苦，通過歌詞表達一些我們不曾聽聞、令人心痛的新想法。

掌聲過後，埃德娜和約珥・利拜科站了起來。這一對牙醫夫婦看上去就像一對雙胞胎，一頭灰色的短髮，嘴唇噘起，嘴角旁刻著一道道富有反諷意味的皺紋。他們唱了二重唱〈夜晚啊，張開你的翅膀〉。歌唱時，他們的聲音交錯，就像一對舞蹈家相互依附。接著他們又唱了〈用你的羽翼遮護我〉。我反思如果我們的民族詩人比阿里克在這首歌中詢問什麼是愛情，我們是誰，那麼我們不是詩人，豈能自吹知曉這一問題的答案？埃德娜和約珥・利拜科唱完後，向左右鞠躬。我們再次鼓掌。

由於拉海爾・弗朗科和阿里耶・蔡爾尼克姍姍來遲，晚會暫停片刻。他們脫大衣時宣布，根據收音機廣播，空軍的飛機炸掉了敵軍目標，安全返回基地。尤海・布魯姆放下手風琴說：「終於啊！」吉莉・斯提納憤然回應：「沒什麼可慶賀的，暴力與暴力互為因果，報復與報復相生。」約西・沙宣，那個身材高大、留著鬍子的房仲嘲弄地說：

「那麼你的建議是什麼，吉莉？我們什麼也不做？把另外半邊臉也送上去？」

阿爾摩斯利諾用他渾厚的男低音插嘴道：「一個正常的政府在這樣的形勢下應採取冷靜而理性的行動，而我們的政府像平時一樣，反應機械、膚淺……」就在那時，我們的女主人達莉雅・列文接過話，建議用繼續唱歌來代替政治爭論，我們今晚就是為唱歌而來的。

阿里耶・蔡爾尼克現在已經脫掉了大衣。他沒有找到椅子，於是坐在利拜科夫婦腳下的地毯上。拉海爾・弗朗科發現門廳衣帽鉤附近有張凳子，拉了過來，剛好坐在敞開的門外，這樣就不必與聚會的人群相擠；同時因為她老父親一個人在家，她過一個小時就得離開去看顧他。關於炸彈襲擊，我想談點什麼。在這個問題上我的觀點挺矛盾的。可是太晚了，大家已不再爭論，尤海・布魯姆又拉起了他的手風琴。達莉雅・列文建議我們繼續唱一些愛情歌曲。她邊說邊領唱〈很久以前有兩朵玫瑰，兩朵玫瑰〉，大家都跟著唱了起來。

在那一刻，我突然感到自己得立刻去放大衣的房間，從一個口袋裡拿點什麼東西。這件事似乎非常緊急，但我想不起來是什麼東西了。我也搞不清楚是誰又在喊我：坐在我旁邊的瘦削女子仍然忙著唱歌，而亞伯拉罕坐在廚房門口的凳子上閉著眼睛，倚靠牆壁，沒有加入歌唱者的行列。

我的思緒在被雨水洗滌的空蕩蕩村莊街道、在風中搖曳的黑漆漆柏樹、小房子裡熄滅了的燈火、濕透的田野，以及光禿禿的果園之間飄移。在那一刻我有種感覺，在某座黑暗的院落，正發生著與我相關的事，而我應該參與。但究竟發生了什麼，我卻毫無概念。

大家現在正在唱〈如果你要我帶你看灰濛濛的城市〉。尤海．布魯姆不再拉手風琴，讓三個吹豎笛的人演奏。她們的合奏並沒有發出不和諧的樂音。接著我們唱〈你的摯愛，那最美的人去了哪裡？〉。我那麼急迫地要在大衣口袋裡找的東西究竟是什麼？我不知道答案，於是我遏制住去另一個房間的衝動，和大家一起唱〈石榴樹吹送芬芳〉以及〈我的白喉戀人〉。在唱下一首歌前的空檔，我歪過身子，輕輕問達芙娜．卡茨，就是坐在我身邊的雙手瘦骨嶙峋的女子，這些歌讓她想起了什麼。

我的問題似乎令她震驚，她回答說：「沒什麼特別的。」接著她想了想又說：「這些歌讓我想到了各種事情。」我又朝她轉過身子，正要說關於記憶的什麼東西，可是吉莉．斯提納嚴肅地瞪了我們一眼，似乎要阻止我們竊竊私語，因此我便不再說話，繼續唱歌。達芙娜．卡茨擁有甜美的低音。達莉雅．列文也是女低音。拉海爾．弗朗科是女高音。房間那頭傳來阿爾摩斯利諾低沉溫暖的男低音。尤海．布魯姆拉起手風琴，另外三位豎笛演奏者為他伴奏，他們就猶如攀緣植物。在這樣一個風雨交加的夜晚，我們圍坐在一起，唱著從一切明朗澄澈的歲月就開始流傳的老歌，相當愜意。

亞伯拉罕．列文疲倦地從凳子上站起身，把一塊木柴放進火爐。火爐用令人愉快的輕柔火苗溫暖著房間。接著，他坐回到凳子上，閉上眼睛，彷彿他又一次被賦予了任務，去發現唱歌走調的人。外面也許雷聲滾滾，也許空軍飛機轟炸敵軍目標後返回時在頭頂上低飛，但是因為歌聲、音樂聲，我們在房間裡幾乎聽不到它們的聲音。

## 5

十點鐘，達莉雅・列文宣布休息，吃自助晚餐。我們都站起來，開始朝廚房近旁的客廳角落方向挪動。吉莉・斯提納和拉海爾・弗朗科幫助達莉雅從烤箱裡取出餡餅和鹹派，從爐子取下湯鍋。許多人擠到桌子旁邊，自己取杯子和免洗盤。談話和爭論又開始了。有人說，委員會工人罷工是對的；還有人說工人罷工無可非議，結果很可能會使政府再次印製更多的鈔票，我們會回到往昔通貨膨脹越演越烈的快樂時日。手風琴手尤海・布魯姆說，把一切都歸咎於政府是不對的，普通公民也有責任，他並沒有把自己排除在外。

阿爾摩斯利諾正端著一碗熱騰騰的湯站在那裡吃。熱氣讓他繫在黑繩上的眼鏡蒙上了一層霧。他宣稱，報刊和電視總是描繪陰暗面。他說，但實情卻不像媒體描繪得那麼黑暗。他苦澀地補充道，你會認為我們這裡的人都是盜賊，都很腐敗。

阿爾摩斯利諾的話似乎帶有權威性，因為這些話是由他洪亮的男低音傳達的。

普拉姆普・庫爾曼的盤子裡裝著馬鈴薯泥、烤馬鈴薯、一顆肉丸，還有蔬菜。他一隻手端穩盤子維持平衡，另一隻手費力地操縱刀叉。這時，吉莉．斯提納給了他一杯紅酒。「我手都不夠用了。」他咯咯笑著。於是她踮起腳尖站在那裡，把杯子端到他嘴邊，這樣他就可以喝酒了。

「你不覺得把一切都歸咎於媒體有點太輕率了嗎？」約西．沙宣對阿爾摩斯利諾說。

我說：「要全面地看問題。」可是一邊肩膀比另一邊高的庫爾曼打斷了我，直言不諱地譴責某位政府部長。

庫爾曼說：「在任何正派的政府裡，那種人都已經過時了。」

「等等，等等，」阿爾摩利斯諾說，「也許你應該先跟我們解釋一下什麼是正派政府。」

吉莉．斯提納說：「任何人都可認定我們的問題起源於一個人，並終結於一個人。如果是那樣就好了。約西，你還沒有吃鹹派呢，要嘗嘗嗎？」

房仲業者約西．沙宣微笑著回答：

「我先把盤子裡的東西處理掉，再看接下來吃什麼。」

「你們都錯了。」達芙娜．卡茨說，可是她要說的被眾人的喧嘩聲吞沒，因為大家都在說話，有些人提高了嗓門。我想，在每個人的內心深處都有他們孩提時代的影子。在有些人身上，你可以看到那孩子仍然活著；而另一些人身上，則帶著一個死去的孩子。

我離開了這群爭論不休的人，端著盤子走過去和亞伯拉罕．列文說話。他正倚窗而立，掀起窗簾，凝視著窗外的雨水和風暴。我輕輕地碰碰他的肩膀。他轉過身來，什麼話也沒說。他試圖微笑，但只是顫動了一下嘴唇。

我說：「亞伯拉罕，你為什麼一個人站在這裡？」

他思忖片刻說：「我覺得和這麼多人相處有點困難。大家一起說話，難以聽見，也難以聽懂。」

我說：「外面真的是冬天啊。」

「是啊。」

我告訴他，我一個人來，是因為有兩個女人都想和我一起來，我不願意在她們當中進行選擇。

「對啊。」亞伯拉罕說。

「跟你說，」我說，「約西．沙宣偷偷告訴我，他們在他太太的身體裡發現了某種腫瘤。難以處理的腫瘤。約西是這樣跟我講的。」

亞伯拉罕點了幾下頭，像是對自己表示贊同，或像是我確認了他已經猜到的某種東西。

他說：「若有必要，我們會幫忙。」

我們從站在那裡端著免洗盤吃東西的人群中擠過去，穿越聊天和爭論的噪音，來到露台。空氣冰冷刺骨，外面下起了毛毛細雨。閃電在東面的山丘上隱約閃爍，但雷聲並沒有隨之響起。廣袤的沉寂籠罩著花園，籠罩著果樹，籠罩著黑黝黝的松柏、草坪，以及花園籬笆牆外吸吮黑暗的茫茫田野和果園。腳下，魚池布滿石頭的底部光線慘澹。一隻孤獨的胡狼在黑暗深處哀嚎。幾條憤怒的狗在村院裡回應著。

亞伯拉罕說：「你瞧。」

我一聲不吭。我等他告訴我要看什麼，他在說什麼。可是亞伯拉罕沉默不語。最終我打破了沉默：「亞伯拉罕，你還記得嗎，一九七九年在部隊時我們突襲戴爾恩納沙夫，我肩膀中彈了，是你把我架走的。」

亞伯拉罕想了一下說：「是的，我記得。」

我問他是否有時會想起那些日子。亞伯拉罕把手放在冷冰冰、濕漉漉的露台欄杆上，面向朝黑暗背對著我說：

「你瞧，是這樣的，有很長時間我什麼都不想。什麼都不想。只想孩子。我也許能夠救他，可是我受到某種理念的困擾，達莉雅則是盲目地順應我。我們進屋去吧。休息結束了，他們又開始唱歌了。」

## 6

晚會下半場，我們開始唱一些帕爾馬赫時期拓荒者的歌，以及獨立戰爭時期的歌曲，比如〈內蓋夫平原〉、〈嘟嘟〉和〈友誼之歌〉，之後我們唱了娜歐米・什瑪的歌。達莉雅宣布，再過一個半小時，十二點整我們會再休息一下，上酒和乳酪。我坐在位於書架和魚缸之間自己的座位上。達芙娜・卡茨又坐在我旁邊。她用雙手、用十根手指捧著歌本，像是怕有人從她手中把歌本搶走。我斜過身子，小聲問她住在哪裡，歌唱晚會結束後是否有人開車送她回家，因為如果沒有人送她的話，我很願意效勞。達芙娜小聲說，是吉莉．斯提納帶她來的，之後會把她送回家，非常感謝。

「這是你第一次來這裡嗎？」我問。

達芙娜小聲說她是第一次來，但是從現在起她打算每次都來，六個星期來一次。

達莉雅．列文把手指放在嘴唇上，示意我們不要交頭接耳。我從達莉雅纖瘦的手指上拿過歌本，替她翻到正在唱的那一頁。我們迅速地相視而笑，和大家一起唱〈風兒吹拂的晚上〉。我又一次想去堆放衣服的房間，從大衣口袋裡拿些東西，可是究竟拿什麼我卻不得而知。一方面我感到一種恐慌，好像正在忽略某種緊迫的責任，但另一方面我知道這恐慌毫無根據。

達莉雅．列文朝手風琴手尤海．布魯姆和那三個吹豎笛為他伴奏的女子示意，可是他們不明白她的用意。她站起來，走向他們，彎腰解釋了什麼，然後穿過房間，跟阿爾摩斯利諾低聲說了些話。他聳聳肩，像是在拒絕。可她繼續堅持與請求，他終於點了頭。接著她提高聲音，讓大家都安靜一下，宣布說現在我們來唱一首經典歌曲。我們先唱〈世上的一切轉瞬即逝〉，接下來唱〈抬眼望天空，問天上的星星，你的光為何沒有照到我〉。她讓丈夫亞伯拉罕把燈光調暗一點。

我要在大衣口袋裡察看什麼？我可以摸到，我的錢包和證件就在褲子口袋裡。駕車眼鏡裝在鏡盒裡，放在襯衫口袋裡。所有的東西都在這裡。然而，當唱完經典歌曲後，我站起身，輕聲對坐在身邊的達芙娜．卡茨說聲抱歉，便穿過圍坐在那裡的客人，出門來到走廊上。我的雙腳不由自主地來到門廳，來到門口。出於某種原因，我把門打開一條縫，可是門外沒有人，只有細雨霏霏。我回到走廊，走過客廳門和放食物的角落。現在大家正在唱納坦．約納坦[17]寫的一些痛苦悲傷的歌，如〈河岸有時在思念一條河〉、〈歌聲再度唱起，歲月再次哭泣〉。

在走廊盡頭，我彎向通往放大衣的小房間的走道。我在衣服堆裡翻找了一陣，把其他人的衣服推向一邊，找到了自己的大衣。我慢慢地、有條不紊地檢查口袋。一個口袋裡有條摺疊起來的羊毛圍巾；另一個裡面有些紙片、一包甜食和一個小手電筒。我因為不知道要找什麼，便繼續在口袋裡翻找，找到一些小紙片和一副裝在盒子裡的太陽眼鏡。在冬天的夜晚我當然不需要太陽眼鏡。那麼我在尋找什麼呢？

17 納坦．約納坦（Natan Yonatan, 1923–2004），以色列詩人，因愛子死於戰爭，寫了大量富有感傷色彩的詩歌。

我找不到答案，只有折磨人的憤怒——對自己，對被我推開的大衣堆。我盡自己所能重新堆好衣服，拿著袖珍手電筒離去。我想回到我在書架和魚缸之間的座位上，挨著手臂細瘦、形銷骨立的達芙娜．卡茨坐下，但是什麼東西阻止了我。也許是怕人家唱歌唱了一半，我中途進去，會招來令人尷尬的注目；也許是隱約感覺到我在這座房子裡還有事情要做。但究竟是什麼事情，我不知道。我握緊了手電筒。

現在他們在客廳裡唱起傷感的歌：「我要是一隻小鳥，一隻小小小鳥，帶著痛苦的靈魂，永遠飄零。」三位豎笛手在演奏，尤海．布魯姆沒拉手風琴。一位豎笛手吹出了有點尖利的樂音，但立即糾正過來。我因為沒位子可坐，就去了洗手間，儘管我並不需要。但洗手間裡有人，我便上了樓，那裡一定還有另一個洗手間。在樓梯頂上，歌聲聽起來比較微弱，似乎更為冰冷。這麼說吧，即使尤海．布魯姆的手風琴又開始拉起，但似乎有什麼東西減弱了它的聲音。除了我之外，現在大家唱起了拉海爾的歌〈遠方的光，你為何欺騙我〉。我站在樓梯頂端的一級台階上一動也不動，心醉神迷。

# 7

我在那裡站了幾分鐘，無法確定要到哪裡去。在二樓的走廊盡頭，一個燈泡發出暗淡的光，投下一些奇形怪狀的陰影。走廊牆壁上掛著幾幅畫，可在半明半暗的燈光下，就像模模糊糊的灰色補丁。對著走廊有幾扇門，但門都上了鎖。我來回走了兩趟，想要知道該推開哪扇門，但我無法決定，因為我不知道自己在尋找什麼，也完全忘了自己上樓的目的。我可以聽到外面的風聲。雨大了起來，敲打著窗櫺。或許下了冰雹。我在二樓的走廊裡站了一會兒，凝視著緊閉的房門，如同盜賊想知道保險箱藏在何處。

後來，我小心翼翼地打開右手邊第三扇門。寒冷、痛苦和黑暗撲面而來。從空氣氣味判斷，房間似乎很久未被打開了。我用手電筒往裡照了照，看到家具的影子隨著手電筒的晃動來回搖擺並融為一體。冷風與冰雹擊打著緊閉的百葉窗。衣櫃門上的一面大鏡子朝我反射出暗淡的光亮，彷彿有人想讓我眼花撩亂。房間裡瀰漫著陳腐的氣味，是灰塵的味道，以及未曾更換的床上用品的味道。顯然，這裡的門窗已經很久沒有打開了。天花板的角落一定生出了蜘蛛網——儘管我看不到。我倒是可以看到這裡面的一些家具：一個帶抽屜的小櫃子，一把椅子，還有另一把椅子。我站在門口，感到一種衝動，想把門關上，從裡面反鎖，雙腳便不由自主地走進門，來到房間中央。樓下的歌聲現在逐漸減弱，就像溫柔的絮語，在狂風的吼叫中，在擊打臥室百葉窗的冰雹魔爪中消失。外面，花園一定籠罩在薄霧中，柏樹在薄霧中影影綽綽。泵房崗上沒有生靈，只有對冰雹和暴雨無動於衷的金魚在池塘裡游泳。此時，那池塘底部亮著一束電光；人工瀑布順著假山緩緩流淌，在水面攪起了陣陣漣漪。

這房間窗下放著一張大床，床兩邊分別放著一個書架。地板上鋪著一塊地毯。我脫掉鞋襪。地毯很厚，毛茸茸的，我的一雙赤腳有種柔軟而奇怪的感覺。我把手電筒光照在大床上，看到床上鋪著床罩，上面放了幾個墊子。在這一刻，我想像自己腳下的一樓正唱著〈你可聽到我的聲音，遠方的人〉，但是我不確定聽到的是什麼，也不確定我的眼睛藉著手電筒顫抖的光亮可以看到什麼。此時房間裡正在進行著緩慢的運動，好像有個大塊頭的人在某個角落裡昏昏欲睡，或者兩手兩腿爬行，或者在帶抽屜的櫃子和關閉的窗子之間一次次地跌倒。一定是手電筒的顫動引起了這種幻覺。但我也感到，在一片漆黑的背後，有什麼東西正在緩慢地爬行。我不知道它來自何處，又要去往哪裡。

我在這裡幹什麼？我無法回答這個問題。然而我知道從今晚一開始——也可能從很久以前，我就想來到這間被棄置的臥室。我驀然聽到自己的呼吸聲，感到很抱歉這呼吸穿透了瀰漫整個房間的潮濕的沉寂——此時，或許因為雨停了，風止了，樓下的歌者突然停止了歌唱，也可能那裡終於到了上酒和乳酪的時間。我不想喝酒，也不想吃乳酪。我再也沒有理由背棄絕望。於是我在這張雙人床邊趴下，掀起床罩，想要藉著手電筒蒼白的光束在床下黑暗的空間裡摸索。

# 彼時一個遙遠的地方

一整夜，毒氣從綠色沼澤地飄來，一股有點甜又帶著腐爛的氣味在我們小屋中瀰漫。這裡的鐵質器械一夜之間就會生鏽。籬笆在潮濕黴菌的侵蝕下腐爛。黴菌腐蝕著牆壁。稻草還有乾草因潮濕而變黑，好像遭受過火焚。一群群蚊子四處紛飛，我們的家裡盡是蒼蠅和爬蟲。就連土壤也湧出泡沫。木虻蟲、飛蛾和蠹蟲咬壞了家具、柵欄和屋頂。孩子們整個夏天都會生病，長癤子、濕疹和壞疽；老人們死於氣管萎縮；甚至連活人身上也散發著腐臭。這裡的許多人都有身體缺陷，遭受甲狀腺腫大、精神失調、四肢畸形、面部痙攣、流口水的痛苦，原因在於他們近親生育：哥哥和妹妹、兒子和母親、父親和女兒交媾。

二十年前，抑或二十五年前，低度開發地區辦事處派我來到此地。我每天黃昏時分出門向沼澤噴灑消毒劑；我把奎寧、石炭酸、硫磺、皮膚軟膏和抗寄生物藥物分配給疑慮重重的本地人，鼓勵他們採取衛生而節制的生活方式，為他們分發漂白粉和殺蟲劑。我依然堅守崗位，等待有人，也許是某個性格比我強悍的年輕人，來接替我的工作。

與此同時，我擔任藥劑師、老師、文書、仲裁人、護士、檔案保管員、中間人和斡旋者等。他們見到我仍會脫帽、雙手抱在胸前表示尊敬，並且鞠躬、腳擦地後退，露出狡點、看不到牙齒的微笑，以及用第三人稱來稱呼我。我逐漸博取他們的歡心，睜一隻眼閉一隻眼，對他們沒有價值的信仰予以通融，忽略他們厚顏無恥的怪相，容忍他們的體味和口臭，對蔓延整個村子的無道荒淫予以寬容。我得承認，我手上的權力基本上已經喪失，我的管理機構正在走下坡路。我只有通過耍花招、甜言蜜語、必要時撒謊、含沙射影的威脅和小恩小惠來施加所剩不多的影響。我需要做的只是延長一點逗留的時間，直至接替我的人到來，然後我將永遠離開這個地方，或者我可以找間空房子，給自己找個健壯的村姑安居樂業。

二十五年前，或者更早之前，我還沒來到這裡。地區總督有一次造訪此處，身邊跟著一大堆隨員。他停留了一兩個小時，命令將河水改道，以終結有害的沼澤。陪同總督前來的有官員、祕書、測量員、宗教界人士、一位法律顧問、一名歌星、一位官方歷史學家、一兩位知識分子、一位占星家以及十六個特工處的代表。總督最後口授命令：挖土、改道、使之乾涸、翻土、清淤、投入、移開、改良，由此揭開新的一頁。

但是從那時起，什麼都不曾發生。

有人說在那邊，在河道的那邊，在森林和山脈的那邊，相繼幾任總督接替了他的位置：一任被罷免，一任被擊敗，還有一任失寵，第四任遭到了暗殺，第五任鋃鐺入獄，第六任變節，第七任逃之夭夭或者長眠不醒。這裡的一切一如既往：老人和嬰童繼續死亡，年輕人早衰。如果我的謹慎統計值得信賴的話，村裡人口正日漸減少。根據我繪製並掛在床頭的圖表，到本世紀中葉，這裡將一個人也不剩，到時候只有昆蟲和爬蟲。

實際上，這裡出生的孩子非常多，但是多數孩子在嬰兒期就會夭折，幾乎無人為之傷心。小夥子逃向北方，女孩們則在淤泥裡種植甜菜根和馬鈴薯。她們十二歲就開始懷孕生子，二十歲之前就變得慘不忍睹了。有時瘋狂的欲望將全村人捲入，大家會藉著濕木篝火的光亮度過一個荒淫之夜。他們犯下無恥的罪行：老人和孩子、女人和殘疾人、人與獸。我無法傳達細節，因為在這些夜晚，我躲在自己居住的義診診所裡，睡覺時把裝滿子彈的手槍放在枕頭下，以防他們打什麼鬼主意。

可這樣的夜晚並不常見。第二天，他們睡到中午時分，頭昏腦脹，睡眼惺忪，再次順從地嘎吱嘎吱地走回爛泥地裡，直至夜幕降臨。而這裡的白天酷熱難耐，傲慢無禮的跳蚤有硬幣那麼大，老是朝我們猛撲過來，咬人時發出令人作嘔、具有穿透力的短促尖叫。那些人在爛泥地裡忙的活，似乎讓人勞累至極：從濕軟的淤泥裡費力拔出的甜菜和馬鈴薯幾乎全部腐爛，但他們要不就生吃，要不就將其做成發臭的流食。掘墓人的兩個大兒子逃到山區，加入了走私集團。他們的老婆、孩子搬進小弟的小屋，他是個只有十四歲的孩子。

至於掘墓人本人，他沉默寡言，身材結實卻駝著背，決定不能就這樣在沉默中度日。但是週復一週，月復一月，時光就在全然的沉默中流逝，如此經年度過。然後有一天，掘墓人也搬去和他的小兒子同住了。越來越多的孩子在那裡出生，無人知道誰是逃亡在外的兩兄弟的後代。兩兄弟夜裡有時會在村裡待上一兩個小時，無人知道誰是他們年輕兄弟的種，誰是掘墓人或他老父親的根。不管真相如何，多數嬰兒出生數月就會死去。其他的男人夜間也會在那裡出沒，也有頭腦簡單的女人來找落腳之處，或找男人，或找避難所，或找嬰兒，或找吃的。從這裡已經發送了三份緊急備忘錄，但都尚未得到現任總督的回覆，因此，備忘錄一個比一個緊急，發送時間相隔也越來越短。它們都對道德風氣的墮落提出警示，並要求總督立即干預——而我，就是這些備忘錄義憤填膺的起草者。

年復一年的歲月，就這樣在沉默中逝去。接替我的人仍然沒有來到。偏袒妹夫的員警遭到罷免了，而這個員警，聽說後來加入山裡的走私集團。我依然在履行自己的職責，但是我變得越來越疲累。他們再也不用第三人稱來稱呼我，也不再脫帽向我致敬。消毒劑已經用完了。診所裡的藥物逐漸被女人們洗劫一空。她們沒給我任何東西作為交換。我的思維能力和欲望一起下降，再也無法找到足夠多的內在生命之光。會思想的蘆葦[18]變得空洞無物。或許只是在我看來他們變得暗淡無光，因此即使正午的日光也顯得陰暗，排在義診診所外的女人隊伍就像一排麻袋。隨著光陰的流逝，我對她們腐爛的牙齒和口臭已經習以為常，因此我繼續從早到晚和藹地工作。然而，日復一日，夏去冬來，我發現自己已很久意識不到昆蟲的叮咬，以至於我睡得深沉且安靜。而我的寢具也漸漸長滿了苔蘚，濕氣腐蝕了牆壁。有時，這個或那個農家女子會可憐我，給我喝一種顯然是用馬鈴薯皮做成的膠狀物質。我所有的書也都發霉了：書皮破裂，掉落下來。我什麼都沒有了，只能區分今日明日，

18會思想的蘆葦：此說法來自法國哲學家巴斯卡的《思語錄》：「人只不過是大自然中最柔弱的蘆葦，但他是會思想的蘆葦。」因為蘆葦極易受到風雨摧折，正如人難免要老病衰亡。

區分春與秋，區分今年和明年。有時，我在夜裡似乎聽到遠處傳來某種原始管樂器的悲音：我不知道那是什麼音樂，也不知道是誰在演奏，不知它是來自森林還是來自山脈，還是來自我日漸灰白的頭髮下的頭骨。因此我逐漸對周圍的一切，甚至對自己都不加理睬。只有一件事，是我今晨親眼所見，此刻我只做書面報導，不發表任何意見。

今晨，太陽升起，把沼澤地的霧氣化作稠密的黏雨。溫暖的夏雨聞起來就像一個沒有洗澡、渾身是汗的老頭身上的氣味。村民們開始走出小屋，準備去馬鈴薯地裡工作。突然，一個健康英俊的陌生男子出現在東邊山頂上，在我們和冉冉升起的太陽之間。他開始揮動手臂，當場在潮濕的空氣中勾勒出千姿百態的圓圈和螺旋。他踢腿，鞠躬，跳躍，沒發出任何聲響。「那個人是誰？」男村民們相互詢問。「他在這裡尋找什麼？」「他不是這裡的人，不是鄉村人，也不是山裡人，」老人說，「他也許是從雲中來的。」

女人們說：「我們必須提防他，必須當場抓住他，必須殺了他。」

在他們仍舊商議並爭論時，昏黃的空中傳來一陣急促的噪音：鳥鳴，犬吠，蜜蜂嗡嗡，乳牛哞哞，謾罵，碩大的昆蟲吱吱，沼澤地裡的青蛙加入進來，家禽也很快跟進，馬具叮噹作響，有咳嗽聲、呻吟聲和咒罵聲，各種各樣的聲音。

「那個人。」掘墓人的小兒子說，但他突然緘默不語了。

「那個人，」客棧老闆說，「要引誘女孩子。」

女孩子們尖叫著：「看他沒穿衣服。看那玩意兒多大啊，看他在跳舞，他要飛了——看，像翅膀。看，他白到骨頭裡了。」

年老的掘墓人說：「說這些有什麼用？太陽升起來了，那裡的白人，或者我們想像中在那裡的白人，消失在泥淖後頭了。說話也沒有用。又是炎熱的一天。該去忙了。誰能做事，就讓他去做，去行動，其他人只管閉上嘴巴！誰做不了事，就讓他去死吧。就這樣。」

# 奧茲和他的文學世界

——鍾志清

艾默思．奧茲是當代最富有影響力的以色列希伯來語作家。一九三九年生於耶路撒冷，早年曾經在希伯來大學攻讀文學與哲學，獲學士學位；後獲牛津大學碩士學位和台拉維夫大學榮譽博士學位；曾在基布茲和以色列南方小鎮阿拉德居住多年，如今搬到台拉維夫。著有《何去何從》（一九六六）、《我的米海爾》（一九六八）、《沙海無瀾》（一九八二）、《瞭解女人》（一九八九）、《莫稱之為夜晚》（一九九四）、《地下室的黑豹》（一九九五）、《愛與黑暗的故事》（二〇〇二）、《背叛者》（二〇一四）等十餘部長篇小說，《胡狼嗥叫的地方》（一九六五）、《鄉村生活圖景》（二〇〇九）、《朋友之間》（二〇一二）等短篇小說集，以及多部雜文隨筆集和兒童文學作品，曾獲多種國際文學獎。

奧茲出生時，以色列國家尚未建立，耶路撒冷所屬的巴勒斯坦地區還在英國管轄之下。他的父母都不是土生土長的巴勒斯坦人。他們在二〇世紀三〇年代分別從奧德薩（今屬烏克蘭）和波蘭移居巴勒斯坦，在耶路撒冷相識並結婚。他們都具有很高的文化修養，能用多種歐洲語言進行交流。因此奧茲自幼受家庭影響，接受了大量的歐洲文化和希伯來文化傳統的薰陶。

耶路撒冷是奧茲出生並成長的地方，也是鑄成其《我的米海爾》、《地下室的黑豹》、《愛與黑暗的故事》等多部長篇小說的重要場景。《我的米海爾》是奠定其國際地位的長篇小說。小說採用女性話語，使用第一人稱，通過耶路撒冷女子漢娜的視角展開敘述，講述她與丈夫米海爾從相識到結婚，再到夫妻反目的家庭悲劇，其間夾雜著對二十世紀五〇年代的以色列，尤其是耶路撒冷社會場景的描寫，在現代希伯來文學史上具有開創性。漢娜是一個充滿幻想的新女性，自幼受父親影響，崇拜學者，夢想嫁給一位舉世聞名的學者，在耶路撒冷希伯來大學讀文學課程時與地質學的學生米海爾一見鍾情，很快成婚。丈夫米海爾雖然稱不上才華蓋世，可勤勉用功，註定會在所從事的專業領域有所作為。但沉重的生活壓力、性格差異、對家庭幸福觀念的不同理解，以及漢娜本人的心理障礙與性格弱點等多種因素，致使這對年輕人之間逐漸產生裂痕，漢娜不禁失望、痛苦，乃至歇斯底里，終日沉湎於對往事的追憶之中，在夢幻中盡情宣洩被壓抑的欲望與期待，這些夢源自漢娜對幼時一對阿拉伯雙胞胎玩伴的追憶相關，充斥著誘姦、淩辱與暴力，小說由此被塗抹上了一層國族敘事色彩。傳統的希伯來主流文學多注重表現男性的社會興趣、社會行動與社會價值，女性則顯得被動與沉默。從這個意義上，漢娜身上所體現的獨立意識則顯得不同尋常。

奧茲在談到自己的創作時曾說，如果用兩個詞來形容其作品中的故事，那便是不幸的家庭。熟悉奧茲的人會從其筆下許多女主角身上捕捉到奧茲母親的影子。奧茲母親范尼婭是波蘭一位家道殷實的磨坊主的女兒，幼時生活優裕。她美麗優雅，才華橫溢，多愁善感，在家道中落之際來到耶路撒冷。很快便與奧茲的父親結婚，後因無法忍受生活中的種種艱辛而自殺。當時奧茲只有十二歲，母親的猝然離世在其幼小的心靈裡留下難以平復的創傷。此後約五〇年，奧茲從來沒有向任何人提起自己的母親，但在心中「經常一幅畫面接一幅畫面，構築她人生的最後歲月」。在帶有自傳色彩的長篇小說《愛與黑暗的故事》中，奧茲使用大量篇幅描寫母親在自殺前幾年，每逢秋日將至之時，身體便逐漸惡化的情狀。小主角透過淚眼，注視著母親的生命之花在抑鬱中一片片凋零，其間夾雜著幼子永遠無法化解的痛與悔，不解與追問，令人不勝唏噓。

母親去世後不久，父親再婚，奧茲的學習一落千丈，於是棄家前往基布茲，並把姓氏從克勞斯納改為奧茲，喻示著與耶路撒冷的舊世界斷絕關係。基布茲

(Kibbutz)是以色列社會的一個特殊產物，二十世紀初期由第二次移民到巴勒斯坦地區的拓荒者居民創建。在基布茲，人人平等，財產公有，頗具原始共產主義色彩。在基布茲，大家從事不同形式的農業勞動，一起在集體食堂吃飯，兒童們住在集體宿舍，由基布茲統一撫養，只有週末才回家與家人團聚。在基布茲，猶太人不僅在形式上有了歸屬感，而且有了找到家，找到愛，找到關懷之感。

基布茲在某種程度上造就了奧茲，也成就了奧茲。基布茲不僅送他前去希伯來大學讀書，而且賦予了他諸多創作靈感，啟迪他逐漸步入文學殿堂。他的早期作品，如短篇小說集《胡狼嗥叫的地方》，長篇小說《何去何從》、《沙海無瀾》均以基布茲生活為背景；其晚年代表作《愛與黑暗的故事》又以大量篇幅展現了基布茲的微觀世界，描寫了他如何在基布茲找到了一生摯愛、與之相濡以沫數十年的夫人尼莉。即使在年逾古稀之際，在離開基布茲二十六年之後的二〇一二年，奧茲仍舊對基布茲念念不忘，創造了反映基布茲人心路歷程的短篇小說集《朋友之間》，算是對基布茲生活的又一次回歸。

奧茲非常重視文學技巧與文學類型的實踐與更新。掐指算來，《我的米海爾》是一部超乎愛情小說的愛情小說，《何去何從》與《沙海無瀾》描寫基布茲生活，《黑匣子》（一九八七）用書信體寫成，《瞭解女人》以摩薩德工作人員為描寫對象，《一樣的海》（一九九九）把詩歌與散文融合在一起，《地下室的黑豹》從孩子的視角探討國族語境中的背叛含義，《愛與黑暗的故事》既是家族敘事又是民族歷史，《詠歎生死》（二〇〇七）集中描寫創作者的複雜心態及對生死的認知，短篇小說集《鄉村生活圖景》（二〇〇八）則又在表現手法上另闢蹊徑。收入《鄉村生活圖景》中的八個短篇小說均以沒有結局的故事收筆，充斥著著孤獨、失落、憂傷、恐懼、驚悚、奇特、怪異乃至絕望，可說是古稀之年的奧茲把現實中的許多現象、問題、悖論與謎團濃縮在一起，並以寫實加象徵、隱喻的方式呈現在讀者面前，但沒有做出解答。多數小說把個人放到充滿悖論與衝突的社會語境中，通過個體人物的心靈剖析與外在的環境展現，促使讀者不免對個人、環境乃至整個人類的生存境況進行思考，閱讀與翻譯都並不讓人感到輕鬆。

說到翻譯，就要提及奧茲獨特的翻譯理念。奧茲迄今已經被翻譯為四十七種文字。他在許多場合，包括中國社科院外文所與譯林出版社連袂主辦的《愛與黑暗的故事》與《鄉村生活圖景》的新書發表會，均談到翻譯是一門藝術，文學翻譯不同於新聞翻譯、國際會議翻譯或普通的會務翻譯。他把文學作品從一種語言翻譯成另一種語言，比作在鋼琴上演奏小提琴協奏曲。在他看來，每種語言都是一種樂器。某個音符、語詞、表達方式或習慣用語在一種語言中可能非常歡快，但是轉換成另一種語言後則可能突然變得喧鬧不堪。翻譯並非像有人從井裡取水，再把水放進瓶中。翻譯就像某位神匠，把水化作醇酒，有時把瓊漿化作水，用一種寶貴的礦物質取代另一種礦物質，以喚起一樣的情感與思想上的張力。

在剛剛過去的二〇一七年7月23日到28日，以色列耶路撒冷寧靜之居(Mishkenot Sha'ananim)會議中心邀請了奧茲的俄文、荷蘭文、義大利文、阿爾巴尼亞文、土耳其文和中文譯者，專門探討如何將奧茲的長篇小說《背叛者》(*Judas*)翻譯成不同文字，筆者作為中譯者榮列其中。奧茲本人與會三天，他在第一天的演講中舊話重提，告訴大家在翻譯時要儘量做到「be unfaithful in order to be loyal」。在奧茲說此話的語境中，「loyal」應該是指忠於原文的內在神韻；而「faithful」則應該是指文字上的準確可靠。也就是說，為忠實原作，保持原作的內在神韻，不必拘泥文字，硬將兩種文字或其中個別詞語一一對應。

接下來的時間裡，主要是奧茲和以色列巴伊蘭大學法蘭伯格教授和譯者一起閱讀《背叛者》文本，並選定小說的核心章節——第四十七章加以細讀，共同探討翻譯理論與技巧問題。在討論中，奧茲本人讀希伯來文，法蘭伯格讀英文，我們這些譯者邊閱讀，邊談及把希伯來文轉換成不同文字時所遇到的挑戰，並結合自己的文化語境談論有可能遇到的問題與應對方式。在六位受邀譯者中，義大利文、荷蘭文、俄文譯者的譯作已經面世，我和阿爾巴尼亞文與土耳其文的譯者仍在翻譯過程中。

《背叛者》寫的是一位名叫施穆埃爾．阿什的希伯來大學研究生在一九五九年到一九六〇年之交面臨著人生瓶頸：學位論文《猶太人眼中的耶穌》沒有進展，女友與之分手，父親破產無法繼續資助他讀書，他不得不中斷學業。為換取免費住處，他到耶路撒冷西部一位名叫瓦爾德的殘疾學者家中作陪護。瓦爾德的兒子在一九四八年第一次中東戰爭期間意外喪生，只剩他和兒媳阿塔莉婭生活在一起。

小說通過阿什與瓦爾德的學術交往，引發出對猶大這個《新約聖經》中歷史人物的重新認知，呈現出作品關於背叛的第一層含義。歷史上的猶大以出賣耶穌贏得三十元金錢的背叛者著稱，但奧茲重新想像猶大出賣耶穌的動機，創造性地將這位人所共知的背叛者變成一個英雄。奧茲在接受筆者訪談時說，他在閱讀《新約》時對猶大的故事曾感到憤怒，產生許多疑問：加略人猶大並不貧窮，但為什麼竟為三十枚銀幣背叛了耶穌？為什麼追捕耶穌的人需要猶大之吻才可認出耶穌？這位創造奇蹟者不是在羅馬統治下的耶路撒冷早已人盡皆知了嗎？在奧茲看來，猶大傳說「並非一個純真無邪的故事」，它在歷史上導致了嚴重後果。在一些基督教徒的想像中，猶大被視為猶太人的代表，甚至罪惡的化身。在一些歐洲語言中，猶大一詞具有「背叛者」與「猶太人」雙重含義。其結果，猶大傳說與猶太人，與歷史上發生的一些仇恨與迫害，甚至屠殺建構了聯繫。

回顧歷史的目的在於反觀現在，由此呈現出作品關於背叛的第二層含義。它與小說中瓦爾德的兒媳阿塔莉婭的經歷相關。阿塔莉婭的父親曾是一位猶太複國主義領袖，但他在二十世紀初期反對建立猶太國家，主張與阿拉伯人和平共處。他的同事，尤其是以色列第一任總理大衛．本古裡安將其視為「叛徒」，並將其逐出猶太複國主義行動委員會。從這個意義上，猶大這個古老的背叛者原型與對以色列國家是否忠誠的現代問題聯繫在了一起。

對這一層面背叛含義的闡釋反映出奧茲追求和平的政治理想。奧茲一直主張以色列要恢復一九六七年「六日戰爭」之前的巴以版圖，主張歸還巴勒斯坦土地，因而被一些右翼人士視為以色列國家的叛徒。奧茲試圖借助作品中的人物，重新界定「背叛者」的含義，意在表明有時背叛者不是不忠誠。在很多情況下，背叛者承擔了改造世界的重任，他們的想法有時甚至會超前。即使當時不被人們接受，但經年之後歷史往往認為他們是正確的。在《背叛者》一書的結尾，他讓小說中三個瀕臨絕望的陌生人彼此走近，相互關懷，甚至相互之間萌發出愛的火花，是希望不同政治、文化與宗教背景的人摒棄衝突，相互愛戴，和睦相處。

儘管奧茲一再反對用文學作品傳達某種主張，也不喜歡人們對其作品做意識形態解讀，但《背叛者》一書所負載的複雜而微妙的資訊，可視為奧茲在年邁之際對當代人的勸誡。對《背叛者》一書的正確理解牽涉到對奧茲其人其作的總體把握，翻譯所承擔的橋樑作用顯得至關重要。荷蘭譯者希爾拉認為荷蘭人熟悉耶穌與猶大的故事，奧茲作品中提到的梵谷等畫家就是荷蘭人，因此荷蘭讀者在文化背景上對《背叛者》一書的接受障礙很小，她多數情況下只需要逐字逐句翻譯即可。俄文譯者維克多則強調他在翻譯過程中需要加一些注釋，說明讀者理解一些背景知識。作為中譯者，我則感到，相比與其他國家的讀者，中文讀者與《背叛者》一書的距離應該更大一些，需要給一些歷史人物、文化與歷史背景加注，甚至在閱讀上要對讀者加以引導。而且，由於奧茲在作品中使用了大量的古代希伯來語典故，翻譯難度也更大。

7月25日晚，會議主辦方組織了「舞臺上的《背叛者》」（*Judas on the Stage*）的活動，六國譯者分別用自己的母語朗誦《背叛者》片段，與主持人、作家本人展開互動，以色列第一夫人、各國使節和普通讀者二百餘人蒞臨現場，讓人感受到以色列國家對文學的尊重。

——本文原刊載於《印刻雜誌》二〇一七年10月號「國際文壇作家」

國家圖書館出版品預行編目 (CIP) 資料

鄉村生活圖景 / 艾默思．奧茲 (Amos Oz) 著；
鍾志清譯 ,-- 初版 , -- 新北市：木馬文化出版：
遠足文化發行 , 2017, 12
面；　公分 ,--( 木馬文化：121)
譯自：Scenes from Village Life
ISBN 978-986-359-471-0( 平裝 )
864.357　　　　　　　　106021087

木馬文學 121

# 鄉村生活圖景
Scenes from Village Life

作者／艾默思．奧茲 (Amos Oz)
譯者／鍾志清
總編輯／陳郁馨
副總編輯／簡伊玲
行銷企劃／廖祿存
校對／呂佳真
封面設計／陳文德視覺設計事務所
電腦排版／中原造像股份有限公司

社長／郭重興
發行人兼出版總監／曾大福
出版／木馬文化事業股份有限公司
發行／遠足文化事業股份有限公司
地址／231 新北市新店區民權路 108 之 4 號 8 樓
電話／02-2218-1417
傳真／02-8667-1891
Email／service@bookrep.com.tw
郵撥帳號／19588272 木馬文化事業股份有限公司
客服專線／0800221029
法律顧問／華洋國際專利商標事務所 蘇文生 律師
印刷／中原造像股份有限公司
初版／2017 年 12 月
定價／新台幣 300 元
ISBN／978-986-359-471-0